二千億の果実

宮内勝典

河出書房新社

二千億の果実　目次

二千億の果実

ルーシー

あたしは、ルーシー。もちろん夜の名前。昼の名は教えないよ。ここらの女は、アリスとかマリーとか名乗っている。年増のエリザベスもいる。みんな黒い肌の白雪姫。日が沈むと着飾って、夕闇の通りをさまよいながら男を誘う。あたしは歌うのが大好き。いつも口ずさみながら歩いていく。

ある夜、年上の女が近づいてきた。汗の匂いが甘ずっぱい風のようにふわりと流れてきた。あれがフェロモンというのかしら。女はあたしの手首をつかんで、通りの隅っこへ引っぱっていった。逃げられない。素足なら豹みたいに走れるけど、借り物のハイヒールだから足もとがおぼつかなかった。

女はショートパンツ姿で、髪をボブ・マーリーみたいに編み込んでいた。二十三、四かしらね。目から稲妻がくる。この小娘、縄張りを荒らすんじゃない、と凄まれるだろうと思ってたら、

「あんた、いくつ?」

ためらいがちに訊いてきた。スワヒリ語だった。

「十八」

あたしは、ふてくされながら答えた。ほんとは十五だけど。

ふーんといった目つきで、女は、あたしの乳房や腰のくびれを品定めしてくる。あ、レスビアンかなと思ったわよ。あたしは身長、一七三センチ。自分で言うのもなんだけど、すらりと足が長くて、スタイルは抜群。子どものころから「キリン、キリン」と呼ばれていたの。

「キクユ族なの？」

年上の女は、あたしが難民なのか、地元のキクユ族なのか知りたがっていた。もしも難民なら、故郷のニュースを聞けるからね。あたしはキクユ族だと答えてから、つぶやいた。

「ごめんね」がっかりさせて。

年上の女は急にうちとけて、家族はいるの、妹や弟は何人いるのと訊いてきた。おせっかいな姉みたいに。

あたしは、パッ、パッ、パッ、と指をひらいた。わかるでしょう。みんなを食べさせなくちゃならない、あたしが稼ぐしかないじゃない。

そのころから、お姐《ねえ》さんの部屋に居候してるの。へまをして妊娠しちゃったから。おまけに、かかった闇医者がひどいヤブで、いつまでもじくじく膿《うみ》が流れてくる。噂を聞いて、お姐さんが呼んでくれたの。あたしのこと妹だと思ってるみたい。姐さんは、すごい美人。仔牛そっくりの黒い瞳が、うっとり潤んでいる。肌は淡い褐色で、ゆたかな乳房。乳首がぴんと上を向いてる。男ならふるいつきたくなるはず。あたしだって触りたくなる。

姐さんはね、密入国してきたんだって。ほら、あたしらの祖先が北へ移動して、紅海にぶつかったあたりから。あの海、とても細くて、狭いでしょう。向こう岸のアラブと往き来して、血が混じったの。いまはアフリカきっての美女の国として有名。すらりとした面長の美人だらけ。でも干魃《かんばつ》や、ひどい内乱がつづいている。だから逃げてきたんだって。

「どうやって国境を越えたの」

「かんたんよ」

トラック運転手にちょっとサービスすれば、国境なんてわけなく越えられると笑ってた。からりと明るい顔で。

でも、あたしには見える。赤土の道で手をふる姐さんの姿が。運転手は美女を拾って助手席に坐らせる。しばらく走りつづけ、地平線が見える草原でトラックをとめて抱き寄せる。ズボンのチャックをひらいて、汚いペニスをそそり立てる。姐さんは咥《くわ》えながら、鉄板の床を見ている。オンボロ・トラックだから、ブレーキやクラッチのあたりに穴があいて、赤土や緑の草が見える。姐さんは巧みに舌をつかう。運転手はぶるっと精を放つ。口にあふれる精液を、姐さんは床の破れ目からそっと大地へ吐く。果実の種でもまくように。

あたしたちが住んでいる部屋は、アルマンスラ・ホテルの二階。回廊がぐるりと中庭を囲んでいる。夕日が射すと、あかね色に染まる。外側にはほとんど窓がなく、中庭から採光する。典型的なイスラム風の建築ね。開業当時は、まあ中級ホテル。でも、いまはさびれて、バックパッカーたちの溜まり場になってる。姐さんは実入りがいいから、ホテルの部屋をアパートみたいに月ぎめで借りているの。でも、ここには決して男を連れ込まない。

深夜か、夜明け前、姐さんは帰ってくる。へろへろに酔って、なにか口ずさんでいる。スワヒリ語ではない。たぶん、ふるさとの歌ね。部屋にもどると裸になって、水を張った洗面器にまたがる。指を突っ込んで、ゆっくり、あそこを洗い直す。一日分の悲しみを洗い流すように。それから、眠り姫になって熟睡する。

朝、あたしは精虫が泳いでいるかもしれない洗面器の水を、中庭のイチジクの木の根もとに流す。ごめんね、いつか甘い実になってね。

昼近くになってから、あたしたちはバケツや石油コンロを回廊に持ちだして料理をする。ジャガイモの皮をむいて、牛肉と一緒にぐつぐつ煮る。豚肉はだめ。ホテルのオーナーが、ムスリムだから。正妻のほかに、ぴちぴちの若い妻が四人もいるんだって。ムスリムは五人まで妻をもてるから。あたしも、くどかれたよ。

「妻は病気で、もう長くない。だから、もう一人もらえる」って。

「あはは！」

姐さんは、手のジャガイモを落としちゃった。そっくり同じせりふで誘われたんだって。

炊事をはじめると、ブッシュマンが三階の回廊から見つめてくる。ほんとは日本人《ジャパニ》だけど「ブッシュマン」て渾名《あだな》がついてる。ほら、南アフリカのカラハリ砂漠に棲んでいる人たち。回廊ですれちがったとき、あ、ぴったりだと思ったわよ。あたしよりも背が低く、肌が黄色っぽくて、目が細い。その目をさらに細めて静かに会釈してくる。生まじめで、やさしそう。女も連れ込まず、西日が射す部屋で本ばかり読んでるらしい。お金を横領して逃げてきたとか、政治犯、テロリストだとか、いろんな噂があるけれど本当のことはだれも知らない。

ブッシュマンはいつも回廊の手すりに両肘をついて、顎をのせながら見つめてくる。あたしは目がいいの。視力は二・五ぐらい。だから、ブッシュマンの顔がはっきり見える。小柄だから若く見えるけれど、三十半ばぐらいかしら。あたしらを見つめる目に火が入っていた。燃えている。ぎらぎら脂ぎった肉欲じゃない。渇きながら幻の湖でも見つめるような、なにか遠い憧れと、あきらめが入り混じった目。

ある日、姐さんが気まぐれを起こしてブッシュマンを手招きして、一緒に昼食をとることになった。ブッシュマンは、うれしそうに牛肉入りのジャガイモ煮を平らげ、スープを一滴も残さなかった。

その夜、静かにドアがノックされた。姐さんは夜の街へ出ている。そっと、静かなノックだった。あたしが眠っていたら起こさないように気づかっていた。だれがノックしてるのか、すぐにわかった。あたしはベッドに臥《ふ》せったまま黙っていた。ドアを開けるわけにいかなかった。まだ膿がとまらないから。さびしそうに遠ざかっていく足音を聞いているとき、なぜか、あのブッシュマンが初恋の人だったような愛おしさが込みあげてきた。

じくじく流れる黄色い膿をふいて、あたしは回廊へ出た。星月夜だった。ドアには鍵がかかっていなかった。ブッシュマンは鼠色がかった古いシーツをかぶって横たわっていた。あたしは隣りにもぐり込みながら、ささやいた。

「ごめんね、セックスできないの」

どうしてもと言うなら、痛くてもがまんするつもりだった。

「わかってるよ」

ブッシュマンは静かに抱きしめてきた。闇医者にかかったことを知ってたのね。裸になって唇をあわせた。舌をからませながら、たがいに唾液を吸った。ああ、甘くておいしい。男の人に抱かれながら安らぐなんて、生まれて初めて。ブッシュマンは勃起していた。固いペニスが下腹にぶつかってくる。でも挿入しようとしない。

「これ、なあに?」

あたしは笑いながらペニスをつかんだ。手でいかせてあげようと思ったの。

ブッシュマンは恥ずかしそうに腰をひいた。

「わかってるわよ、兄弟《ブラザー》」

あたしは全身でむしゃぶりついた。初めて恋に落ちたの。

ブッシュマンは勃起したまま、じっとがまんしている。

「あなたは強い男」

「そうじゃない」

「あなたは、とても渇いている。水はここにある。あたしが水。でも、あなたは飲もうとしない」

「…………」

「とても強い人よ。アフリカの男は決してがまんできない」

あたしたちは抱きあったまま、とろけるように眠った。目ざめると、枕もとに折りたたんだ紙幣があった。ブッシュマンは仏像みたいに眠りつづけている。あたしは、ありがたく頂いて帰った。

月に一度、郊外のスラムから弟が歩いてくるの。空っぽのリュックを背負って。ずっと稼ぎがなかったけれど、これでいくらか手渡すことができる。


やっと膿がとまり、あたしはまた夜の街へ出ていくようになった。もう少し休んでなさい、と姐さんは言ってくれるけれど、稼がなくちゃならないの。トタン屋根の家で妹たちが飢えているはず。

そんなある夜、くたくたになってアルマンスラ・ホテルに帰ってくると、三階でブッシュマンが首を吊っていた。ドアの上にイスラム風の透かし彫りがある。唐草模様の通風口。そこに針金をかけてぶらさがっていた。

ルーシーと名乗るようになったのは、そのころだった。日が沈みかけて、あたしは紫のハカランダの花が咲く通りを歩いていた。アフリカきっての華やかな通り。夕焼けの雲が、ビル群のガラスに映り、さらに向かいのビルへ乱反射していた。あたしは、ゆっくり、ゆっくり並木道を歩く。黒い青年たちが、あたしの顔や胸をじっとり睨《ね》めつけながら、すれちがいざま、チッと舌打ちする。おい、白人に股をひらくのかよ。肉欲と、無念さが煮えたぎっている目。

わかってるわよ、ブラザー。やりたいよね。殺したいかもね。あたしもテレビのニュースで見たことがある。姐さんの母国は内乱つづきで、国連軍が鎮圧にやってきた。ところが、すらりとした美女が、国連軍のアメリカ兵士と寝たんだって。身を売ったわけ。きっと弟や妹がいたのね。でも、男たちは赦《ゆる》さない。怒り狂って、女を追いかけ回す。女は必死に、市場を逃げまどう。次々に露店の台がくずれる。野菜や、缶詰、果物がころげ落ちる。追っていく男が、スイカを切る包丁をつかみ、女の背中や首をめった斬りにする。それから女の髪をつかんで市場をひきずり回していく。わかってるわよ、ブラザー。あたしもいつか同じ目にあうかもしれない。

ハカランダの花ざかりの通りにも夕闇が降りてきた。金持たちがカフェで憩っている。流し目で客を漁っていると、老人と目があった。頭が禿げて、耳の上にきちんと白髪をなでつけ、紐付きの眼鏡を首からぶらさげている。青い目で、あたしを見つめてくる。あ、ロリコンね。いいカモだと思った。

「隣りに坐ってもいいかしら」

あたしは甘い声で訊ねた。もと植民地だったから、ずっとミッション系の学校だった。特別じゃない。ありふれた小中学校。だから、あたしはイングリッシュが得意なの。

「もちろん」

老人は立ちあがって椅子をひいてくれた。

うれしいな、レディ扱いしてくれるの。

「コーヒーとアイスクリーム、どちらがいい？」

「アイスクリーム！」あたしは即答した。

そう答えるとわかっていたように、老人は微笑んだ。

銀の匙《さじ》でアイスクリームを掬《すく》って、口に入れた。おいしい！　冷たくて、うっとりするほど甘い。老人はあたしの口もとを見ている。愛おしそうに。だめ、あたしはフェラチオはお断りなの。だって、魂にあれを突っ込まれるような気がするから。

老人の目は、ブッシュマンに似ていた。渇いているけれど静かだった。でも、どこかちがう。老人は、X線の技師みたいに、あたしを透視してくる。顔や、肌、肉の奥に隠れてる骨をさすってくるみたい。気持わるい。変態かしら。

「キクユ族だね」と老人は訊いた。

「そうよ」

あたり前じゃん。いろんな部族がいるけれど、ここらはキクユ族が多い。

「きみは、いくつなの？」

老人はすっとキクユ語に切りかえてきた。

「十九」

あたしもつい、キクユ語で答えた。ほんとは十五だけど、遠い昔のような気がする。

「長女だね」

「ええ」

あたしはまた、パッ、パッと指をひらきながら訊き返した。

「おじさん、どうしてキクユ語が話せるの」

「わたしは、この国で生まれたんだよ。父が宣教師だったからね」

「ふうん」

「遊び友だちはみんな、キクユ族だった。ここも大都会じゃなかった。町はずれは草原と地つづきでね、民家の庭を象がよこぎっていた」

「…………」あたしは耳を澄ましていた。

「草むらに罠《わな》を仕掛けて、ウサギや鹿を捕まえていた。その肉を、町のレストランに売りさばいた。お金が入ると、アイスクリームを食べにいこうと女の子を誘ったよ」

「キクユの子？」

「そう、きみにそっくりだった」

あ、そういうわけ、と思ったけれど黙っていた。

「アイスクリームに惹《ひ》かれて、デートしてくれたんだろう。よく映画も見にいったよ」

「それで？」

「キスさせてくれたけれど、そこまでだった。いい人だけど、あなたは白人だからと言われたよ。わたしは十六のとき、キクユ族の成人式を受けたんだがね」

「じゃ、おじさんもキクユ族じゃない」

「国籍はイングランドなんだよ」

「おじさん、なにしてる人なの？」

「化石をさがしている」

「どんな化石？」

「最初のヒトの化石」

老人は目で抱きしめるように見つめてくる。

「あたしを知りたい？」

白人を誘うときは、そんな言い回しをすればいいと姐さんが教えてくれた。

「うーん」

「あたし、エイズにかかってないよ」

ちらりと包みをつまみ出して見せた。ほら、コンドームだって持ってる。

「スキン・クリームも塗るからさ」

「えっ、どうして？」

「あたしらの匂いが嫌なんでしょう」

白人は黒人の体臭を嫌がるから、スキン・クリームで全身の毛穴をふさいでしまえばいい。汗の匂いもしなくなる。それも姐さんが教えてくれた。それだけじゃない。全身にクリームの膜を張ると、自分も汚れないような気がする。

「ねえ」

ホテルに行こうと、あたしは目で誘った。ぐっと乳房をせりだした。ほら、触りたいでしょう。ミッション系の学校で先生たちがシスターだったから、あたしは女子割礼を受けていない。陰核《クリトリス》も、ちゃんと残っている。

老人は首をふり、なにか口ごもった。

「えっ、なあに？」

「老いたからね」

ひっそり、さびしそうに微笑した。

「…………」もうセックスできないの、勃《た》たないの？

目で訊くと、老人はうなずいた。

列車の窓から、キリンや象が群れる草原を見送るような目だった。さようなら、と無言でつぶやいている。あたしは下腹にぶつかるブッシュマンの固いペニスを思いだして泣きたくなった。

「ごめんよ」老人は小声で言った。

「とんでもない！」

あたしは強く首をふった。猛りたつペニスに、いつも四方から迫られるような気がしているけれど、こんな人たちもいるんだなあ。

しばらく無言で見つめあった。老人の目は渇いていた。すれちがう若い女の匂いを、遠慮がちにそっと吸い込むような渇きだった。

「ね、ホテルに行こう。黙って抱いてくれればいいからさ」

激しく勃起しながら、じっとがまんしていたブッシュマンのように。

「そういうわけにもいかないんだよ」

「どうして？」

「いちおう、わたしも名が知られているからね。最初のヒトの化石を見つけた老学者が、少女を買ったとスキャンダルになる。そして学界から追われるだろうね」

「…………」あたしは銀のスプーンを見ていた。

「ところで、きみは何になりたい？」

孫娘の機嫌を取るように、老人は訊いてきた。

「歌手！」あたしはまた即答した。

「ほう」

「あたしが本気で歌うと、ここらの窓ガラス、びりびり震えだすよ」

「そうか、ステージ・ネームは決めてる？」

「いや、まだ。おじさん、名前つけてよ」

老人は二十秒ぐらい考えてから、ゆっくり答えた。

「ルーシーがいい」

「ただのルーシー？」

「そう、ただのルーシー。一度聞いたら決して忘れない」

「ほんと？」

「魔法の名前なんだよ」

「デビューできたら、あたしの名づけ親はこの人です、とステージに呼ぶからね」

「楽しみにしてるよ」

うなずきながら、手を出して、と老人は言った。

お金をくれるんだろうと思った。欲しいけれど、憐れみを受けるよりは身を売ったほうがいい。

「さ、手を出して」

老人は脈を取るように、手首をつかんできた。あたしの掌《て》は鮮やかなピンク色だった。初潮がきたころ鏡を使ってあそこを見たことがある。ピンクがかった橙色。そう内臓の色そっくりの掌。

「蓮の花みたいだね」

老人はつぶやきながら、腕時計の革ベルトを外した。高価そうな金時計だった。

「…………」いらないよ、乞食じゃないんだから。

「もし、お金に困ったら」
これを売りなさい、と掌にのせてきた。供えるような手つきだった。それから、ひらいた蓮の花を蕾にもどすように、あたしの五本指を折りたたんで握らせてきた。

＊

わたしも、ルーシー。生まれたのは北のほう。ほら、大陸がひび割れて、グランド・キャニオンみたいな渓谷になって延々とのびていくでしょう。渓谷の出口あたりは砂漠になって、紅海へ滑り込んでいく。波打ち際は、とても静か。海と陸地が、そっと愛撫しあうように触れあっている。でも砂の岸には熱気がゆらめき、ときには摂氏五〇度を超えてしまう。

そこから少し内陸に入ったあたりで、わたしは生まれたの。いまとちがって、ゆたかな緑の谷間だった。川が流れ、三日月湖も水をたたえている。鹿や、馬、豹などがうろついていた。猿もいる。象の群れもやってきて、バナナの紫の花や、花に包まれている青い房を一心に食べては、湖の水を飲む。

わたしは、いつもびくびく暮らしていた。だって体が小さくて、牙もない。鋭い爪もないでしょう。どうにか二本足で立っているけれど、まだ前かがみで、ぎくしゃくしている。速く走れない。

逃げ足が遅い。ろくに狩りもできない。だから獣たちが食べ残した肉を、こそこそ漁っていたの。

でも、長い指があります。ずっと樹上で暮らし、枝をつかんでいたから、五本の指がひらいている。草原に降りてきても、石をつかめる。残り肉をしゃぶりつくすと、硬い石で、骨を叩き割って骨髄をすする。栄養たっぷり、まさにタンパク質の宝庫でしょう。おかげで、わたしたちの脳は爆発的に大きくなっていったようね。それでも、まだ四〇〇ccぐらい。

その日、三日月湖の岸で、イチジクの木を見つけたの。なだらかな斜面から生え、枝をひろげ、たわわに実をつけていた。赤紫に熟れた実を、夕日が照らしてた。おいしそう！　わたしは、わくわくしながら木に登っていった。お腹ぺこぺこなのに、体が重たい。身ごもってるみたいに。

でも女盛りじゃない。二十五ぐらいだけど、もうおばあさんなの。晩年にさしかかっていたの。やっと木によじ登り、手を伸ばして、イチジクの実をもぎ採《と》って口に入れる。とても甘い。ゴマ粒ぐらいの種がじゃりじゃりする。嚙《か》みしめると、歯から頭にかすかに涼しい音がひびいてくる。わたしは夢中になって食べつづけた。食べられるとき腹いっぱいつめ込むの。習性なのね。生まれてくる子のために、もっと食べておこうと思ったりした。おかしいでしょう。乳房はしなびかけて、お腹もぺしゃんこなのに。妄想を孕《はら》んでいたの。おばあさんの想像妊娠かしらね。

横なぐりに夕日が射して、三日月湖が光っていた。イチジクの木や、実をもぎ採る影が映っていた。枝がゆれる。湖面もゆれる。手を伸ばすと、影も手を伸ばす。あれがわたしかしら……。なんだか変。だけど、やはりそうなんでしょうね。べつの実へ手を伸ばす。影の手も伸びる。わたしらしさ、自分らしさが感じられる。あれが、自分……。よくわからない。なんとなく不安になる。それより、いまはもっと食べておきたい。欲ばって、たわわに実る枝へ手を伸ばしたとき、木から滑り落ちた。

あっ、お腹の子！

口に出したわけじゃない。わたしは、まだ話せない。喉のしくみがちがうから。言葉だって持ってない。でも、そんな思いが胸をかすめ、お腹をかばいながら左肩から落ちていった。岸辺の岩に打ちつけられ、上腕骨が砕けた。痛い、痛い。どうしても起《た》てない。腰骨もやられていた。流れだす血を見ながら、ああ、死ぬのかなと思った。母や、仲間の死をたくさん見てきたから。

さいわい、わたしは獣に食い荒らされなかった。もしハイエナが群らがってきたら、手足をくわえていく。骨は四方へ散らばってしまう。すぐ夜がきたから、禿鷲も飛んでこない。まもなく雨がきて、わたしは土砂に埋もれていった。

月日が過ぎて、イチジクの木は枯れ、湖も干《ひ》あがり、あたりはざらざらの荒地になってしまった。もう、黒豹も象もやってこない。さらに長い月日が過ぎていった。三〇〇万年ぐらいかしらね。わたしの骨は、地中で硬い石に変わっていった。

埋もれているわたしの頭上を、毛深いヒトが通り過ぎていった。いくつもの群れが、何波にも分かれて、ひたすら歩いていった。獲物を追いつづけ、移動していくことが習い性となってたのかしら。好奇心かもしれない。そうして大渓谷の出口までやってきて、茫然と立ちすくんだはず。初めて海にぶつかった。紅海にぶつかったの。レッド・シーなんて、真っ赤な嘘。あれほど青く澄みきった海は、めったにない。透明度の高さはずば抜けて、いま、ダイバーたちの聖地なんだってね。

毛深いヒトの群れは、水のきらめきに陶然としながら、波打ち際にそっと裸足を浸す。それから海を渡っていった。海面の高さは、よく変わるでしょう。そのころ紅海も浅くて、あちこちの浅瀬を伝って、向こう岸へ渡って行けたみたい。海を渡らず、そのままサハラ砂漠のへりを北上していった群れもいたはず。そうして群れは、ネアンデルタール人や、サピエンスとなってユーラシアへひろがっていった。えっ、三〇〇万年も埋もれてたくせに、なぜ見てきたようなことを言うのかって？

いいじゃない、わたしは霊なんだからさ。

そして子孫たちがもどってきた。わたしの頭上を通過していった毛深い群れが、白い皮膚、青い眼、金髪に変わって帰ってきた。ランドローバーや、幌つきのトラックを連ねて。わたしが埋もれている近くに、金属パイプの柱を立て、吹きぬけの大テントを張った。草色の布地が、風をはらんでふくらんだり、熱気にぐったりして垂れさがったりする。

白くなった子孫たちは、大テントのまわりにキャンプを張って働きつづけた。すさまじい暑さを怺《こら》えながら、目をこらし、荒地を歩き回る。ここは渓谷の出口だから、まさに化石の宝庫。動物たちも、ここで立ち止まったのね。ざらざらの荒地を掘るまでもなく、あちこちに化石が露出している。かれらはそれを拾い集め、大テントの日陰に持ち寄ってくる。

「これは馬の顎骨だな」
「それは、たぶんライオンの牙」
「そっちは、あきらかに象の脊椎」
「これはサルの頭蓋骨だね」

ラジカセの音楽を聞きながら、てきぱきと分類していく。古人類学者たちの国際チームだったの。でも、かれらが本気で探している化石はまだ見つかっていない。

その朝、二人の学者が、四輪駆動のランドローバーに乗って荒地へ出かけていった。化石を探すのは、朝がいい。ここらはとても暑いから、涼しい夜明けがいいの。それだけじゃない。朝の光りは地平すれすれに射してくるでしょう。露出している化石のかけらが、くっきり影をつくる。だから見つけやすいの。

二人が車を止めたのは、キャンプから六・五キロぐらいの所。道もなく、ざらざらに起伏した荒地だから、ここまでくるのに半時間もかかった。二人は目深に帽子をかぶり、半ズボン姿で歩き回る。たいした収穫はない。イノシシの頭骨、象の肋骨、ヒヒの牙。二人は腰をかがめながら、乾いた湖のほうへ歩いてくる。

わたしは三〇〇万年ぐらい埋もれていたけど、雨や濁流に洗われて、ときどき露出しては、また隠れてしまう。その日は、まさに絶好のチャンスだったの。わたしの骨は小さいけれど、朝日を浴びて、影を曳《ひ》いていた。くっきりとした強い影。肉食獣に食い荒らされなかったから、かなり全身の骨がまとまっている。骨盤もあるでしょう。

あっ、お腹の子！　と妄想がかすめた脳はとっくに溶けて土にもどったけれど、頭骨は清々しく朝日に照らされている。二人は前かがみになり、目を瞠《みひら》きながら、ゆっくり、ゆっくり近づいてくる。

　見つけて、わたしを見つけて！

　雲ひとつなかった。空はキーンと澄みきっている。わたしの両眼は、果実が腐るように消えてしまった。自分らしい影を見ていた眼と、脳が、まっさきに消えてしまうのね。それでも、だれかが、わたしの眼を使って世界を見ているような気がする。

　暑くなってきた。二人は歩く。汗が流れてくる。陽は昇りつづける。そろそろ四七度。体温よりも大気のほうが熱くなっていく。ゆっくり血が煮えてきそう。

「帰りましょうか」

　若いほうの学者が弱音を吐いた。

　赤道の近くだから、正午になると太陽が真上にくる。化石の影も消える。

「もうちょっとだけ」

　年上の学者は歩きつづける。空耳でわたしの声を聞いたように、砂に埋もれている湖のほとりに降りてきた。予感があったのか、イチジクの木が生えていたあたりを、数センチきざみで見つめていく。

「ヒトの骨だ！」

二人は、わたしのそばにしゃがみ込んだ。ついに見つけてくれたの。

頭蓋のかけらを、そっと掌にのせる。湾曲ぐあいを目で測る。

「ちょっと小さすぎる。サルじゃないかな」

若いほうの学者は疑わしげだ。

「いや、ヒトだ！」

「………」

「それは後頭骨のかけらだ」

「うーん、確かにヒトのようだな」

「よく見ろ、肋骨だぞ」

「おっ、これは脊椎じゃないか」

「骨盤のかけらもある」

「そっちは大腿骨だ」

頭がぐらぐら沸騰してきた。信じられない、信じられないと口走りながら、けんめいに考える。

もしかすると、これは一個体の骨じゃないのか。そんなことがありうるのか。まさか、まさか……。

いや、まちがいない。二人は目を見合わす。そう、これは確かに一個体の骨だ。

そうよ、これはわたしの骨！

二人はランドローバーを走らせ、キャンプにもどっていった。吹きぬけのテントが見えてくると、もう、がまんできなくて、

「やった、やった、やったぞ！」

叫びながら、激しくクラクションを鳴らした。

調査隊は一目、骨を見ただけで狂喜した。

「これは凄い！」

ついに、ヒトの化石が見つかったのだ。

全員が車を走らせ、乾いた湖のほとりへ降りていった。腰をかがめ、血眼《ちまなこ》になって這いずり回り、わたしの骨のかけらを探しつづけた。でも眩しすぎて、よく見えない。

日が傾いてきた。

夕陽が斜めに射し、わたしの骨もふたたび濃い影をつくり、見つけやすくなってきた。わたしの頭骨、背骨、あばら、骨盤、大腿骨。それらすべてが影を曳いて、その噴出力で夕焼けの空へ飛んでいきそうだった。

日が暮れるまでに、かれらは骨のかけらを数百個も見つけてくれたの。V字のかたちの下顎もあった。あの日、イチジクの実を食べた歯も残っている。

「大発見だ！」

みんな口々に叫ぶ。夕闇が降りてくると草色の大テントにもどり、生ぬるいビールで乾杯した。どんちゃん騒ぎになった。だれも眠ろうとしない。一晩中、ラジカセをがんがん鳴らしつづけた。

♪ルーシー・イン・ザ・スカイ・ウィズ・ダイヤモンズ

だれが言いだしたわけでもなく、わたしは「ルーシー」と呼ばれるようになった。うれしかったわ。ルーシーって、女性の名前でしょう。みんなプロフェッショナルだから、わたしの骨を見ただけで、すぐ女性だとわかったみたい。背骨と下肢を連結する寛骨、それをつなぐ仙骨が残っていたから。それに子どもが産めるように、骨盤の開口部のところが男性よりも大きくひらいている。あきらかに女性なの。

ルーシーだ。そう、ルーシーだよ！


白い子孫たちは、わたしの骨を、ジグソーパズルみたいに組みあわせながら、

「右の大腿骨がないようだ」

「それは脛骨だろう」

かれらは、じっと、わたしの膝の関節を見つめる。

いちばん知りたいことが、そこに秘められているから。

「歩いてたんじゃないか」

「うん、直立していたはずだ」

そうよ、わたしは歩いていた。いつの間にか、歩きだしてたの。特別、きっかけがあったわけじゃない。たぶん何万年も、何十万年も、わたしらは拳を地面につけたり離したりしながら、中腰で歩行していたはず。起きあがると、遠くが見える。赤ん坊を抱いていても、頭上の枝へ手を伸ばせる。果実を採れるでしょう。そうして、いつの間にか、立って歩くようになったの。

発泡スチロールを敷きつめた箱に収《おさ》められて、わたしはアメリカへ送られていった。骨はきれいにクリーニングされ、隅々まで調べられた。眼や脳は空洞になっているけれど、咬み傷はない。ライオンや剣歯トラに襲われた痕はない。ハイエナが手足をくわえて、ばらばらに持ち去った形跡もない。でも右足は、大腿骨がない。左足は、膝から下がない。濁流に流されてしまったのね。それでも、一個体として奇跡的にまとまっている。

わたしが若くないことも明らかになった。骨がすり減って、関節炎のあともある。リューマチぎみの、おばあさんだったの。イチジクの木から落ちてしまったのも、そのせいかしらね。わたしの骨は、ダイヤモンド以上の宝石みたいに、つぶさに調べられた。

わたしが生まれたのは、三〇〇万年から、三五〇万年ぐらい前。

もちろん、女性だった。

骨盤や、仙骨のかたちで明らかなこと。

ぎくしゃくと、二本足で歩いていた。

身長は一メートルか、一・二メートル。

体重は、二〇キロから、二五キロ。

いまの小学生ぐらいかしら。

でも、わたしは子どもじゃないよ。

第三大臼歯、親知らずがしっかり生えている。

わたしは、二十五歳から、三十歳ぐらい。

もう、おばあさん、晩年だったの。

残念なことに、

頭蓋骨の、前頭部が見つかってない。

だから確定できないけれど、

脳容積は、四〇〇立方センチぐらい。

ソフトボールか、

夏ミカンぐらいの大きさね。

噴火湾

玄界灘は、ひどく荒れていました。波しぶきの霧に包まれながら、船は激しく揺れつづけます。船酔いはしません。女の子ですが、もともと海っ子ですから。生家は船修理の鉄工所で、すぐ目の前が青い海。ぐるりと火口壁に囲まれていました。二万年前に爆発して、火口壁の一角が吹き飛ばされ、海水が流れ込んできたという噴火湾です。いつ泳げるようになったか覚えていません。赤ん坊が立ちあがって歩きだすように、いつの間にか、男の子らと噴火湾を遊泳していました。でも、こんな冷たく暗い海を見るのは初めて。

娘時代は、逃げ出したかった。火口壁の影がさす、この港町から。地方都市の女学校に入ったけれど、もっと遠くへ行きたかった。卒業して先生になったばかりのころ、縁談が持ち込まれました。お見合いの相手は、北の植民地でささやかな事業をやっているという青年。結婚しようとしてるのは徴兵逃れでしょうか。ポマードで髪をなでつけ、長身で、英国製らしい縦縞のスーツを着て、けっこうハンサムだった。ちょっと軽いけれど、まあ悪い人じゃなさそう。私は結婚することにしました。燃えるような恋ではないけれど、遠い異国で暮らせるから、つい心に火がついたのです。

博多港から船に乗りました。前方に志賀島《しかのしま》が見えます。「倭奴国王《わのなのこくおう》」の金印が出土した島です。女学生のころから歴史が好きで、邪馬台国がどこにあるのかよく語りあっていました。玄界灘を渡っていくとき、この海を往き来していた昔の人たち、幽霊たちの長い列にまぎれ込んでいくような気がしました。釜山から汽車を乗りつぎ、地平線がひろがる満州の原野を走りつづけ、ようやくハルビンに辿りつきました。

華やかな大都会です。中国東北部でありながら、白人たちが住んでいます。革命を逃れてきた白系ロシア人です。広場にはロシア正教の教会があり、降りしきる雪のなかに金色の丸屋根がそびえています。市場にならぶ白菜やリンゴにも雪が降りつもっていました。凍った河の上を馬橇《ばそり》が走っていきます。トラックも行き交っています。氷が厚いのです。それでいて透明度が高く、翡翠《ひすい》色の流れが見えるのです。ロシア人たちは氷を十字架のかたちにくり抜いて、全裸で水に浸かったりしていました。私たちの家主さんもロシア人でした。夜は、暖かいオンドルの家で夫に抱かれて眠ります。幸せでした。李香蘭の新しい映画がかかると、トナカイの毛皮を着て、わくわくしながら映画館の前にならんでいました。あの歌声も流れてきます。

君がみ胸に　抱かれて聞くは

夢の船唄 鳥の唄
水の蘇州の 花散る春を
惜しむか 柳がすすり泣く

花をうかべて 流れる水の
明日のゆくえは 知らねども
こよい映した ふたりの姿
消えてくれるな いつまでも

夜の喜びを知りはじめたころ、懐妊しました。産めよ殖《ふ》やせよの時代、まさに植民地ですね。戦争のさ中でした。妊娠中に、夫は召集されていきました。十月、もう雪が降り積もる満鉄病院で出産しました。二〇〇〇グラムかそこらの未熟児でした。尾骨のあたりに、青いバラのように蒙古斑が咲いていました。目が細くて、とても悲しかった。それにベッドのバネがゆるんで、真ん中が窪んでいました。寝返りもできません。赤ん坊の頭がゆがみそうで心配でした。ほら、後頭部が平らになっちゃうでしょう。

原子爆弾が投下されて、母国は火の海になったそうです。国破れて山河あり。そんな言葉が浮かんできます。日ソ不可侵条約を破って、ロシア兵が国境を越えてなだれ込み、ついに私の家にも踏み込んできました。手首から、金色の毛が密生する二の腕まで、ぎっしり腕時計を巻きつけています。女たちを犯し、略奪をつづけてきたのです。

私は赤ん坊を抱きながら、片手でロシア兵の銃をつかみ、

「さあ殺しなさい！」

と銃口を自分の首に突きつけました。

ロシア語を少し話せたのです。家主さんから習っていましたから。舌を噛《か》み切る覚悟もありました。その気迫にたじろいだのか、ギャーギャー泣きつづける赤ん坊の声にうんざりしたのか、若いロシア兵は宝石などを奪っただけで立ち去ってくれました。ほんとですよ。私は犯されていません。

大東亜共栄圏の夢は、あっけなく潰《つい》えました。夫は帰ってきません。戦死したのか、捕虜になってシベリアの収容所へ送られていったのか分かりません。売り食いの日々がつづきました。絹の着物を売りつくしたころ、ついに日本へ引揚げる日がやってきました。

「カツスキーを、わたしたちに預けなさい」

家主さん夫婦は、赤ん坊の日本名を発音できず、カツスキー、カツスキーと呼びながら可愛がってくださったのです。

「…………」

「カツスキーは小さすぎる。途中で死んでしまうよ」

「わたしたちに預けなさい。養子にして育てますから」

「いいえ、連れて帰ります」

私はモンペ姿で、X字型にたすきをかけて、赤ん坊を胸にくくりつけました。リュックを背負い、屎尿《しにょう》を溜めるバケツを手にぶらさげ、ハルビン駅から貨車に乗りました。煤だらけの黒い貨車です。

荒涼とした原野を、ひたすら走りつづけました。貨車はぎゅうづめで、横になることもできません。赤ん坊を抱きながら、冷たい床に坐り込んでいました。暖をとるため、くっつきあいながら。みんな垂れ流しです。車輪がきしみ、寒風が吹き荒れています。年寄りや赤ん坊からさきに死んでいきました。零下の寒さですから、死臭はありませんが。原野で貨車が止まると、わらわら飛び降りていきます。石ころや木ぎれで、凍った大地をがりがり削り、浅い穴に死んだ肉親を埋めるのです。

ウラジオストクの収容所に着きました。まさに難民です。乳が出ません。赤ん坊はやせこけて死にかかっています。モンペの裾に縫いつけてきた真珠をこっそり監視人に渡して、黒パンを手に入れ、むさぼりました。なんとか乳を絞りだそうと。そしてようやく引揚げ船に乗ることができました。幻じゃない。鉄の船です。暗い日本海を渡っていくとき、「内地ではいま、こんな歌が流行《はや》っているんだ」と船員が歌ってくれました。

赤いリンゴに　くちびるよせて

だまって見ている 青い空
リンゴは何にも いわないけれど
リンゴの気持ちは よくわかる
リンゴ可愛いや 可愛いやリンゴ

脳裏に赤いリンゴの実がくっきりと浮かんできました。少し粉を吹いて、下のほうだけ黄緑がかっています。さわることができそうなぐらい強い質感がありました。それからあとも、なにか辛《つら》いこと、苦しいことがあるたびに、赤いリンゴが浮かんできました。頭のなかに、ごろんと居座っているみたいに。

玄界灘をよぎって、ついに日本に着きました。門司港です。船から降りていくとき、女たちは妊娠していないかどうか厳しくチェックされます。植民地の男たちは、戦地やシベリアへ送られている。いま孕《はら》んでいる女たちは、ロシア兵たちに犯されたはずです。妊婦たちは港で足止めされ、堕胎手術を強制されました。日本民族の純血性を守ろう、異民族の血は入れまいという水際作戦だったのでしょうか。あるいは混血児を産んでしまった女性が、これから生きづらくなることを見越しての温情だったか、よく分かりません。私は孕んでいなかった。胸に縛りつけている赤ん坊は、目が細く、尾骨のあたりには青い花のように蒙古斑が咲いています。

満員の汽車を乗りつぎ、最南端の駅に辿りつきました。吹きさらしのホームから海が見えます。ぐるりと火口壁に囲まれた、馬蹄形の噴火湾です。岸辺や海面から、うっすらと湯気がたち昇っています。波打ち際に生卵を沈めて、ゆで卵をつくって遊んでいたところ……。

焼酎酒造所の坂道をくだって、渡し船に乗りました。小さな屋形船です。焼き玉エンジンの煙突がついています。船頭は、なつかしい船具店のおじさんです。いつの間にか頭が禿げて、おじいさんになっていました。私を見ると、一瞬、あっと声を殺してから、やさしくうなずいてきました。あのモダンな女学生が、髪をふり乱し、リュックを背負い、赤ん坊を胸にくくりつけ、バケツを手に、難民姿で帰ってきたのです。焼き玉エンジンの音がひびきます。噴火湾は、以前より青く澄んでいました。サバやアジの群れがうねりながら泳いでいました。

対岸に生家が見えます。船修理の鉄工所です。屋根にはカモメの糞が、まだらな雪のように降っています。船着場から生家まで、歩いて二、三分です。旋盤のうなりが聞こえてきます。燃えるコークスの匂い。生家に辿りついて、胸に縛りつけてきた赤ん坊を母に差しだしました。未熟児で、乳も出なかったから、仔猿のミイラみたいにやせこけて、ちょこんと掌《て》にのるほど小さかった。瀕死の赤ん坊を手渡すと、私は四日間、こんこんと眠りつづけたそうです。まさか四日も……。

＊

赤ん坊は生き延びて少年になったが、よそ者として、いじめられ、いつも仲間外れにされていた。それでいながら、生まれた場所の記憶がない。来歴がない。宙ぶらりんだった。黒い貨車を見るたび、胸さわぎがする。学校にあがっても、ぼうっと窓の外を眺めていた。糸ヤシ、棕櫚《しゅろ》、龍眼、ゴムの大樹が揺れ、海が光っていた。やがて日本史を学ぶようになっても、ヤマトって、いったいどこにあるのだろうと訝《いぶか》っていた。日本人になりそこねたような気がしていた。

水平線が輝いている。あの海のほうから自分はやってきたのだ。そして二十を過ぎて、玄界灘とは逆に太平洋を渡っていった。慣れない英語に苦労しながらタイプライターを打っているとき、Ｇｏｄと I、神とわたしだけは、どうして大文字なのか怪しむようになった。どちらも幻想じゃないのか。そこで主語のわたしを、ｉとタイプするようになった。わたしはｉだ。小文字のｉだ。ガールフレンドに手紙を書くときも、ひそかに日本語で小説を書くときも、主語をとりあえずｉと記すようになった。そして二稿目から、わたしとか、自分、かれ、彼女と書きかえる。仔猿のミイラそっくりで、頭は夏ミカンよりも小さかったくせに。

Aの夢

どこからやってきたのか、ぼくの来歴には霧がかかっている。もちろん、頭ではわかっているよ。モーゼに率《ひき》いられて、エジプトから逃れてきた民なんだろう。なんと、紅海を真っ二つに割ってきたそうだ。子どもにだって信じられないよ。そして約束の地、乳と蜜の流れる地に住みつき、王国をつくり、ローマに滅ぼされ、散種した民。二千年もの流浪の果てに、ぼくはいまここにいるってわけだ。国籍は、たまたま仮住まいしているこの国だけど、根づいていない。十代のころ市民権を放棄して、無国籍になったこともある。

ぼくは宙ぶらりんだ。どこにも帰属できない、よそ者だ。ここにいてはいけない。疎《うと》まれている。それでも民族的な特性をしぶとく保ちつづけている。なぜ、ぼくたちは嫌われているのだろう。銀貨三十枚でイエスを売ったユダが、ユダヤ人だったからだと言われている。だが、そうじゃないとぼくは思うな。

日曜の朝がやってくるたび、隣人たちは教会へ通う。十字架からずり落ちそうな、やせこけた、惨めな神に祈り、「アーメン」と唱える。その「アーメン」という言葉だって、ほんとはヘブライ語なんだ。十字架のキリストも、ローマ軍が連れてきた異教の神だ。ゲルマンの森の神々を滅ぼしてしまった外来神だ。でも、はっきり意識化するのは怖いじゃない。屈辱もある。だから転化して、キリストを裏切ったユダを憎む。ぼくたちを憎む。それでも本能的に知っているんじゃないかな。十字架のイエス・キリスト、その人がまさにユダヤ人だからこそ、憎みつづけているんじゃないか。

見知らぬ他人を、いま、ぬけぬけと《ぼく》と称しながら書いているのは、もちろんｉだ。夏ミカン二、三個ぐらいの脳をもつｉは、書きながらべつのことを思う。おそらく天皇も半島から海を渡ってきた外来神だろう。だからこそ、いわゆる日本人は半島からやってきた民、在日の人たちを差別するんじゃないか。キリストその人がユダヤ人だったから、ユダヤ人を差別するように。小説は窮屈だ。脳裏には、いくつもの思いが同時に渦巻いているが、小説は一つの文脈しか書けない。まったく不便なものだ。

三つになっても、四つになっても、ぼくは言葉が話せなかった。

「もしかすると、この子は白痴かもしれない……」

と父母は嘆いていた。その口もとを、ぼくは黙って見ていたような気がする。五歳になってから、ようやく口をきくようになったが、やはり、どこかおかしい。まず自分自身に向かってつぶやき、リハーサルしてから、やっと発語していたそうだ。いまなら《高機能自閉症》と診断されかねない子どもだった。ぼくには母語がない。ヘブライ語も、イディッシュ語も話せない。

初めて夢中になったのは、小さな羅針盤《コンパス》だった。叔父がプレゼントしてくれたのだ。オモチャの懐中時計みたいだと思ったよ。蓋をひらくと、針がふるえている。でも時刻盤がない。東西南北の方位が示されているだけ。針は教会の避雷針のようにふるえながら、つねに北を指している。叔父はコンパスをポケットに入れて、部屋中をぐるぐる歩き回る。それから、いたずらっぽく笑いながら蓋をひらく。針はやはり北を指している。

「どうしてなの？」

「地球のマグマが磁場をつくっているんだよ」

「磁場が方角をつくるわけ？」

「そう、星は動いていくだろう」

「うん」

「なぜだと思う？」

「地球が自転してるから、そう見える」

そんなこと子どもだって知ってるよ、叔父さん。

「だが、動かない星が一つだけある」

「北極星でしょう」

「そう。地軸の向きと一致している。だから動かない」

ぼくは磁針を見つめていた。矢のかたちをして、鏃《やじり》のところが赤く塗られている。オモチャみたいな針が、宇宙の一角を指しつづけている。揺るぎないものが秘められている、神秘的だと思った。いや、神秘なんかじゃない。ぼくはやっと目覚めたのだ。だけど学校にあがっても、やはり、ぼんやりした内気な少年だった。ろくに勉強もできない。規則だらけで、うんざりだったよ。ラテン語の授業など、まったく退屈そのものだった。ぼくは言葉が苦手だ。それは移ろうものだ。死語の文法なんか暗記したところで、どうなるというのか。劣等生でいい。「きみは、たいした人物にはならないだろう」と教師も見放してくる。

そんなとき、かならず羅針盤が浮かんでくる。危なげにゆらゆら揺れながら、ついには必ず、ぴたりと北を指す針。これから生涯をかけて歩きつづけていく方角を指しているような気がした。ぼくはどんな国にも、どんな民族にも、宗教にも属していない。宙ぶらりんのまま、宇宙の真理に帰属するしかない。そんな畏怖感、宇宙宗教めいた感情しかない。

十六になったが、ぼくはあい変わらず、ぼうっとした生徒だった。成績もそこそこ。授業中は、よく窓の外を眺めていた。教会が見える。屋根から伸びあがる避雷針が、感電したようにふるえている。風がくる。街路樹がゆれる。落葉が舞いあがる。市街バスが走っていく。鳩がいっせいに飛びたつ。雲間から光りが射して、遠くの麦畑が、さっと金色に照らしだされる。さらに遠くの森のへりを、黒い汽車が走っていく。なにかしら変だ。遠くで起こったこと、近くで起こったことが、同時に生起しているように見えるのは変じゃないか。あの汽車に乗っている人たちは、いま窓からこちらを眺めているだろう。麦畑で働く人には、その顔が見えるだろう。

どこか、おかしい。なにか変だ。あの汽車はとても速いけれど、べつの汽車が同じ速さで追いかけてきたら、どう見えるのだろう。窓から顔が見える。列車も、時間も、たがいに止まっているように見えるんじゃないかな。でも麦畑に立っている農夫には、二列の汽車がごうごうと疾走していくようにしか見えないはずだ。なにか変だぞ。もしも光りの波を、光りの速さで追いかけていけば、どう見えるんだろう。すべてが静止しているように見えるのかな。いや、まさか……。

Aの脳

Aが運び込まれてきたとき、びっくりしましたよ。腹部の大動脈瘤が破裂して、緊急入院してきたのです。すぐに手術しなければならない。だが、いくら説得しても、Aは手術を断りました。もう生きる意欲がなかったのか、頑迷な老人でした。そして数日後に他界しました。七十六歳です。よく憶えています。四月十八日。窓の外では黄緑の若葉が萌えたち、桜の花も咲いていました。

病理担当ですから、わたしがAの遺体を解剖することになりました。ふるえましたよ。歴史の真ったただ中に、いきなり引っぱり出されてしまったような気がして。いいえ、ふるえたのは心だけです。手はふるえません。医師ですからね。解剖そのものは、いつもの通りです。人体は口から肛門まで、くねくねとつづく一つの管《くだ》のようなものです。まわりに臓器がくっついている。Aは、腎臓がわるかったようです。

わたしは、Aの脳こそ見たかった。奇跡が宿った脳を、この目で見たかった。だから独断で頭蓋をひらいて、大脳を取りだしました。だって天才の脳じゃないか。当然、研究されるべきだと思ったのです。新聞で知った遺族は、事後承諾してくださった。ジャパンの作家の脳もエタノールに浸けられて、東京大学の医学部に保管されているそうですね。脳膜や血管をきれいに切除されているから、やや青みがかって静かに沈んでいると聞いています。どこも同じです。天才たちの脳を取りだすことは暗黙にゆるされる。そういう時代だったのです。Aは遺言を残していました。

「わたしの遺体は、かならず火葬すること。墓をつくらないこと。遺灰は、人に知られないところに撒《ま》くこと」

そんな遺言を知らずに、わたしはAの脳を摘出したのです。わたしたちキリスト教圏で生きる者は、いまも火葬を嫌がり、土葬されることを望みます。最後の審判の日、よみがえるべき肉体を失いたくないから。せめて、骨だけでも残っていて欲しい。ピラミッドを造り、永遠の生を夢みながらミイラになっていった王たちと、なんら変わりません。わたしは子どものころ、何度も肉親たちの埋葬に立ちあいました。それから数年、柩《ひつぎ》の中で腐っていく死者を想像しかけて、ぞっとしながら思いを逸《そ》らしました。

「悲しむな、嘆くな。お前たちは、わたしの死にかかずりあうな」とブッダは弟子たちに遺言したそうですね。わたしの死体を焼き捨て、すぐに立ち去れ。犀《さい》の角のように、ただ独り歩め。ブッダには幻想がない。

Aにも幻想がありません。遺言通り、火葬にされました。それはまちがいないが、遺灰がどうなったか、わからない。二十年ぐらい前に他界した妻の墓に、ひっそり寄り添うように葬られた、いや人知れぬところに散布されたとも言われています。さあ、どこでしょうね。Aはヨット遊びをするのが好きだったそうです。質素な暮らしをしていたから、ヨットといっても、手こぎボートに帆を立てたような小舟です。休日には、湖へ乗りだし、風にふくらむ帆の陰で妻とふたり、風を楽しんでいた。その湖に沈んでいるのかもしれません。


だが、脳だけは残った。


わたしが保管しているのです。独断でAの脳を摘出したことを咎《とが》められ、解雇されてからも、ずっと大切にしてきました。初めはホルマリンに浸けていました。だが、永久保存できないかもしれない。迷いつづけたあげく、わたしはAの脳を二〇〇個ぐらいの断片にスライスして、半透明の樹脂で固めたのです。

「三十万ドルで買いたい」

「いや、五十万ドル出す」

という申し出が、何度もありましたよ。老いて、お金に困っているときでした。もしも、いまサザビーズの競売にかければ、まちがいなく何億、何十億ドルもの値がつくでしょう。だが、わたしは売らなかった。それだけは信じてください。独断で摘出した以上、Aの脳を保管する義務があります。

アジアの人たちは、米粒ほどのブッダの骨のかけらや、歯を、大切に守りつづけているそうですね。それと同じですよ。だが、わたしも八十六になりました。いつ死ぬかわからない。だから、Aの脳をだれかに託さなければならないと考えていました。そんなとき、もとの病院から預かろうという申し出がありました。ようやく解放されて、ほっとしているところですよ。

*

見たことがある。Aの脳はスライスされ、半透明の樹脂で固められていた。魚の白子か豆腐のように、淡くクリーム色がかっている。たぶん、ロサンジェルスで暮らしていたころ、なにかの雑誌で見たのだろう。モノクロ写真だったかもしれない。だがiの記憶には、色がついている。母の脳手術に立ちあったとき、目を瞠《みひら》き、豆腐か魚の白子のような塊を凝視していた、あの脳を思いだしながら幻の色をつけてしまったのかもしれない。

あとになってから気づいたことだが、脳ではなく、スライスされた脳片を固める樹脂そのものにベージュがかった色がついていたようだ。それでも、はっきり透けて見えた。Aの脳は、練ったパン生地を重ねたような層になっていた。皺《しわ》があり、溝があり、深々とよじれている。iはその写真を切り抜いて、壁に貼りつけた。いまとなっては気恥ずかしいが、マリリン・モンローのポスターとならべて貼りつけたのだ。貧しく、狭い、安アパートだった。片方の壁には、類人猿たちがゆっくり起《た》ちあがり、ぎごちなく前かがみになって歩きだし、やがて直立歩行していくまで、ずらりと大行進していく進化図が貼られている。

チカーノや、密入国者たちが多いアパートだった。くる日も、くる日も肉体労働に明け暮れていた。まだ英語もろくに話せなかった。不法滞在者で、不法労働者だった。くたくたに疲れきって眠り、翌朝、むなしい労働へ出かけていく。

そんな憂鬱な朝、目覚めると、朝日がイラストの進化図を照らしている。そこにルーシーもいたはずだが、とにかく、もう少し眠りたい。寝返りを打つと、マリリン・モンローと、Aの脳がならんでいる。あざとい。こざかしい。だが、せめて意識だけでも普遍性へひらきたかった。ニューヨークへ移ったころは、なけなしの知力でAについて読み漁り、摘出された脳の行方を追いつづけていた。

＊

八十六歳になった老医師の前に、大きなガラス壜《びん》が二つ置かれている。直径三〇センチぐらいの、どっしりとした円筒形の壜だ。スライスされ、樹脂で固められたAの脳は、白いガーゼに包まれ、アルコールの海に沈んでいる。淡雪がひっそり海に降りそそいでいるようだ。

ええ、研究者たちがやってきて、つぶさに調べましたよ。わたしは惜しみなく公開しました。そのためにずっと保管してきたのですから。いろんなことがわかりましたよ。

Aの脳は特に大きなわけではなく、特に重いわけでもありません。ごく標準的な脳にすぎない。カリフォルニア大学の教授は、左半球の数学的な能力にかかわる部位に注目して、「その神経細胞を支援するグリア細胞の数が、平均値を上回っている」と報告していますが、格別の発見とは言えないでしょうね。

ジャパンからやってきた専門家は、集中的に「海馬」を調べました。記憶に関係するところですが、アルツハイマー病でよく見受けられる神経原線維変化が見つかったそうです。さらに、ほかの三か所を調べてみると、七十六という年齢相応の衰えがあったそうです。かれはこう言っていました。

「病理診断をしたかったけれど、はっきりわかりません。えっ、天才の秘密ですか？　あの脳から突きとめるのは、たぶん無理でしょうね」

わたしがAと一緒だったのは、ほんの数日ですが、手術を受けるように説得しても、頑固に首をふるばかりでした。ふっと、アルツハイマー病が始まっているんじゃないかと疑いましたよ。それでも、人格は素晴らしかった。なにか気品のある悲しみ、哀愁のようなものが満ちていました。

カナダの大学からやってきた教授は、特に「頭頂葉下部」が大きく発達していることに気づいたそうです。一般の人より一五パーセントほど大きいのです。

数学的な思考や、空間的な認識能力は、ここに大きく依存しています。驚くべきことに、この部分にあるべき大脳の溝がないこともわかったそうです。溝がないことで、多くの神経細胞がより緻密に連携して働きやすくなっていた可能性があるというのです。言葉を話すのに欠かせない「体性感覚野」に、なんらかの欠陥があって、イメージでものを考えるようになったとも言われていますが。

＊

地球外知性体と交信しようと試みている天文学者と出会って、延々と語りあったことがある。書斎のデスクには、二つの電話が置かれていた。一つは、自殺しようとしている人が、ぎりぎりの土壇場でかけてくるかもしれない《自殺防止ホットライン》に繋《つな》がっている。週末ごとに、夜通し、ボランティアとして電話の前で待機しているのだった。もう一つの電話は、世界各地の電波天文台と繋がっている。もしも地球外知性体からのメッセージ電波を捕らえたら、すぐに知らせてくるようになっていた。

天文学者とｉは、ワインを飲みながら雑談していた。州のコンテストで金賞を得たという手作りのワインだった。ほろ酔いのまま、なにかのきっかけで映画「ジュラシック・パーク」の話になった。琥珀《こはく》に閉じ込められている蚊から、恐竜の遺伝子を採《と》りだすという設定のＳＦ映画だった。正確には、その蚊が吸った恐竜の血液から（その血も石化しているのだが）遺伝子を採取する。クローン技術によって、ジュラ紀の暴君竜ティラノサウルスが甦《よみがえ》ってくる。

「ごらんになりましたか」ｉが訊ねると、

「あはは」天文学者は楽しそうに笑った。

「ナンセンスですか」

「いや、まったく荒唐無稽とは言えないがね」

「琥珀から遺伝子を採りだせますか」

「原理的には、できるはずだ」

「クローン羊のドリーは六歳のころ、安楽死させられましたね」

「やっかいな問題があるんだよ」

「染色体は老化によってすり減っていくと聞いていますが」

「そうなんだ。クローンは染色体がすり減った状態で再生してくるのか、新しくリセットされて生まれてくるのか、わからない。もしも、すり減ったままだったら、クローンは必然的に短命なはずだ」

「ブレードランナーの、レプリカントみたいに」

「また映画の話かね」

天文学者は苦笑しながら、

「だが、クローンも長生きできることがわかってきた」

「絶滅種も再生できますか」

「マンモスも生き返るかもしれないぞ」

「どうやって？」

「シベリアの凍土に埋もれているマンモスから、劣化していない遺伝子を採りだしたとしよう。次に、牝のアフリカ象か、インド象から卵子を採りだして、その卵子から核を取り除く」

「象の遺伝子を抜き取るわけですね」

「その卵子にマンモスの遺伝子を入れる」

「人工授精ですね」

「その受精卵を、ふたたび象の子宮に移植する」

「代理母になるわけですね」

「すると、マンモスの子が生まれてくる」

「でも絶滅種ですよ。うまくいくかな」

「北米大陸の野生馬を再生させる実験があった。ドリーとちがって絶滅種だが、みごとに生まれてきた。目が黒く潤んでいる。ほんとに、かわいい小馬だった。お前はどこからきたの、と訊きたくなる。だが、細菌感染であっけなく死んでしまった」

「成功してるじゃないですか！」

「そう、原理的には完全に成功している」

「もしも、もしもですよ」

昂《たか》ぶりながらiは訊いた。

「代理母になってくれる女性がいたら、ネアンデルタール人を再生させることもできるんじゃないですか」

「まあ、原理的にはね」

そんな対話の後、一歩踏み込むようにiは訊ねた。

「樹脂で固められている脳から、遺伝子を採りだすことはできるでしょうか」

「できると思うよ」

あっさりした返事だった。

「…………」そうか、Aを再生させることもできるわけか。


だが生まれてきた赤ん坊は、Aだろうか。遺伝子はまったく同じだから、一卵性双生児のようなものだと考えられる。顔つきも、眼の色も、髪の色もそっくりだろう。だがタイムラグがある。Aとしての記憶はない。Aが生きていた時代を知らない。十六のとき脳裏に浮かんできた、どこかしら変な感じも知らない。やがてAの脳に宿った、奇跡的な宇宙論も知らない。亡命していくとき、船上に佇《たたず》みながら暗い海を眺めていたときの不安も、孤独も知らない。

＊

ある深夜、iは摩天楼の街をふらついていた。危険な街を、なぜひとりうろついていたのか覚えていない。隠《こも》っている仕事場の地下室から、息ぬきに出てきたのかもしれない。海亀が夜の海面に浮かびあがって空気を吸うように。

店という店がシャッターを降ろしていた。通りには人っ子ひとりいない。ショーウィンドーだけが異様に明るかった。ふっと思いだした。この街で暮らしていた青年時代、奇妙なものに出くわしたことがあった。移民街のショーウィンドーに、牛の大脳がぎっしり積まれていた。青ざめた血管がキャベツの葉脈のように脳を包み、深い溝があり、ねじれ、層をなしていた。下の脳は重さにつぶれかけながら、魚の白子のようにガラスに張りついていた。

肉屋の冷凍のショーウィンドーだったのだろう。掟に従って屠《ほふ》られた牛の脳だろうか。だが、そんな料理があるとは聞いたことがない。食通たちが好む特別の食材なのか。若いiは移民街をほっつき歩き、そのショーウィンドーに出くわすたびに立ちすくみ、見入っていた。それぞれの牛に記憶が宿っていたはずだ。草原や、青空、生殖。あるいは狭い牛舎。冷えたガラスにiはそっと指を押しつけた。冷凍ショーウィンドーは霜を吹き、涙のように水滴が流れていく。

見つめられている気がした。ふり返ったが、だれもいない。摩天楼の谷底が青白く街灯に照らされている。ショーウィンドーにひしめいているのは、牛の脳ではない。そこにAがいた。ポスターか雑誌の写真を切り抜いて額に入れ、商品サンプルとして飾られている。額縁屋だった。Aは、ぼさぼさの白髪で、古いセーターを着ていた。襟からのぞくシャツもよれよれだった。ホームレスか、孤独老人のようだ。iはショーウィンドーの前に坐り込んで、無言の対話を延々とつづけた。

Aはひどく悲しそうだ。最晩年、おそらく脳を抜き取られてしまう直前だろう。手術を拒み、病室の窓から、ひとり外を眺めているような目だ。四月の若葉が萌えている。花も咲いている。やがて夕日が射し、白い蓬髪《ほうはつ》も、額も、あかね色に染まる。奇跡が宿った脳には、アルツハイマー病が兆している。Aはなにかつぶやく。英語ではない。ドイツ語だから、看護師には聞きとれない。最後の言葉は呼吸のように通り過ぎた。Aの目は潤んでいる。畜場へ運ばれていく牛のように涙をためている。あのクローン羊や、数時間だけ再生した小馬の目にも似ている。黒目から水が流れる。冷凍ショーウィンドーにぎっしり積まれる牛の脳から滲《にじ》みだしてくるような涙だった。

（追記）　拙稿「Aの脳」を「文藝」に発表してから、およそ半年後に、「消えた〝天才脳〟を追え」というNHKのドキュメンタリー番組が放送されました。それによりますと、「Aの脳」は小さく分割されプラスティック加工された後、研究のため多くの科学者たちに貸し出されていましたが、いま徐々に回収されつつあるそうです。一断片だけは、遺伝子を採りだそうとしてハワイ大学で擂《す》りつぶされ消滅してしまったそうです。

幻の国

——隊長、あれからどうしていたのですか。
——トラックの運転手をしていた。
——ああ、やっぱり。
——なんだ、知ってたのか。
——隊長の消息を、ずっと追いつづけていたのです。
——では、おれたちが武装解除したことも知ってるな。
——はい。
——残念だが、おれたちは独立できなかった。
——それにしても、隊長、少しも変わりませんね。
——お前は、老いぼれたおれの姿も、死顔も見ていない。
——…………。
——記憶を見ているだけなんだ。

――でも隊長、わたしも老いてきました。

――その隊長と呼ぶのは、もう、やめてくれないか。

――でも、わたしは隊長の名前を知りません。

――ああ、そうだったな。おれも、お前の名前を知らない。

――たがいに知らないほうが良かったのです。

――たとえ拷問されても、仲間を裏切らなくて済《す》むからな。

――ええ、だから、たがいにニックネームで呼びあっていました。

――鰐《わに》、猿、山牛、蟹、豹、稲妻とか。

――自転車、花、空薬莢《からやっきょう》、という変わり種もいましたね。

――別れるときも、お前はおれの名を訊こうとしなかった。おれも、お前の本名を訊かなかった。

――形見の品を交換しましたね。わたしは腕時計を。隊長は黒サンゴの首飾りを。いまも、大切に持っていますよ。

――あれは、ソーラー腕時計だった。義母から贈られたと言っていたな。ありがたかったよ。電池が切れると、ジャングルではもう補充できないから。

――ネジ一つ、補充できない。熱帯雨林ですから、機関銃もすぐ錆びついてしまう。だから草むらにブルーシートをひろげて、ネジ一つ失くさないよう、目を凝《こ》らしながら分解して、油を注《さ》していく。

――おれたちにとって、腕時計は特別なものなんだよ。仲間が戦死したとき、かならず腕時計を外して、遺族に届けさせる。

――あれから五、六年過ぎたころ、たまたまテレビで「戦場のピアニスト」という映画を見ました。ドイツ軍に爆撃されて、なかば廃墟になったワルシャワの街に、ひとりのユダヤ人が隠れている。冴《さ》えない中年男です。ナチスの将校が見つけて、何者だと訊問する。すると男は、ピアニストです、と答える。将校は関心を抱いて、従《つ》いてこいと言う。崩れかけた廃屋に入っていくと、無傷のグランド・ピアノがぽつんと残っている。

――………。

――なにか弾いてくれないか、と将校は所望する。ピアニストは、ショパンのバラード一番を弾きだす。

――ショパンて、あの甘ったるいやつか。

――以前、わたしもそう思っていました。でも、ちがう。破壊されたワルシャワの街がすすり泣いているような哀しく美しい旋律ですが、やがて雷鳴のように鳴りひびく。将校はうっとり聞き惚れる。軍人ですが、やはり音楽好きのドイツ人なのです。かれはピアニストを匿《かくま》い、食べものを運びつづける。そしてある日、名前を訊く。ピアニストは自分の名前を告げる。けれど、決して将校の名を訊こうとしない。ずっと、そこに引っかかっていました。

――………。

――ある日、テレビのスイッチを入れると、偶然、あのピアニストの息子がインタビューを受けていました。形見の腕時計を手にしながら、父から聞いたことを淡々と語っていた。もしも捕まって拷問にかけられたら、耐えられる自信がない。自分は弱い人間だから、恩人の将校を裏切ってしまうかもしれない。だから、あえて、名前を訊かなかったのだと。

——おれたちにとっては常識だがな。

——ええ、ジャングルの戦場でも、仲間の命を守ろうとする、ぎりぎりの配慮がなされていました。

——ブルックリン・リベラだけは名前も素顔もさらしていた。

——かれは表の顔、インディオの代表者ですから。

——おれたちは奨学金をもらって、ジャングルの村から首都へ出てきた。大学院までずっと一緒だった。

——ブルックリンは数学、隊長は社会学でしたね。

——あいつは凄い秀才で、卒業と同時に母校の講師になった。いずれ教授になるはずだったが、インディオの独立闘争に関わって、出世できなくなった。おれのせいだ。おれが、ひきずり込んでしまったのだ。

——インディオが虐殺されましたから。

——おれたちは役割を二つに分けた。おれはジャングルに隠《こも》って、ゲリラ部隊を率いる。戦闘を指揮する。ブルックリンは隣の国、コスタリカへ逃れて、先住民の亡命政府を組織する。国際世論に訴えながら、資金を集める。あいつは数学者なのに、スペイン語はもちろん、英語もぺらぺらで、ドイツ語もフランス語もできるからな。

——隊長……、やはり隊長と呼ばせてもらいますよ。

——おれも、お前を《ジャパニ》と呼ばせてもらう。

——ええ。

——おれには東洋人の血が混じっている。祖母が、雑貨屋の中国人と結婚した。

——ブルックリンも混血ですね。

——黒人の血が混じってる。

——ジャマイカで海辺の洞窟に入ったことがあります。黒人の奴隷たちが隠れていたという鍾乳洞です。竈《かまど》があり、煤だらけの壁いっぱい、手形が押されていました。

——…………。

——枝の果実をつかもうと、群集がいっせいに手を伸ばしているようでした。

——…………。

——石灰岩の洞窟ですから、あちこち天井に穴があいて、円い青空がのぞいていました。光りが射し、雨のシャワーも降りそそいでくる。奴隷たちはそのときだけ、楽しく笑いながらシャワーを浴びていたはずです。

——そして筏《いかだ》を造ったり、舟を盗んだりして島から脱出した。

——風や海流のせいで、こちらの海岸に漂着してきたそうですね。

——そんな逃亡奴隷の集落が、飛び地となって、ジャングルのあちこちに残っている。インディオの女たちと交わり、混血しながら生き延びてきた。子孫たちは、いまも英語で暮らしている。

――ジャマイカは、イギリスの植民地でしたから。

――そう、先住民の言葉はとっくに失われて、英語に変わっていた。母語というと、なにか恐ろしく根深いような気がするが、そんなことはない。たった一世代でころりと変わってしまう。あっけないものだ。

――南太平洋に、そんな島があるそうです。二〇〇年ぐらい前、大英帝国の戦艦バウンティ号が、太平洋からカリブ海のジャマイカへ、パンの木の苗を運ぼうとしていた。パンの木には、フットボールぐらいの実ができます。bread fruit まさにパンの実で、焚火で焼いただけで食べられる。

――うまいのか？

――淡泊な味ですが、なかなかですよ。南インドやスリランカでは、カレーにも入れます。そのパンの木をジャマイカに移植すれば、黒人奴隷に食べさせられる。きわめて安あがりな食料になる。

――…………。

――ところが航海の途中、乗組員たちが反乱を起こして、船長を殺してしまった。かれらはタヒチの女たちを連れて、絶海の孤島に隠れました。無人島です。その島、ピトケアンで子孫たちが生き延びて、いまも英語で暮らしているそうです。太平洋の絶海の孤島語、孤立語ですね。

――あいつも、そんな村で生まれたんだ。だから《ブルックリン》という変な名前をつけられてしまった。

――かれは元気ですか。

――あれから、肝硬変で亡くなった。あいつは、よくやってくれたよ。汚い金も必死にかき集めて、舟を造り、食料、弾薬、薬品などを送ってくれた。お前も一緒だったはずだが、帰りの舟には負傷兵を乗せていく。鼓膜が破れてしまったり、片腕、片足を失った者もいる。かれらを入院させて、治療を受けさせる。とんでもない金がかかる。武装解除したあとも、あいつは教職にもどれなかった。

——隊長も、トラック運転手になった。

——前科持ちだからな。

——…………。

——あいつが死んだとき、おれは柩《ひつぎ》に大量のドライアイスをぶち込んで、トラックで連れ帰ってきた。かつての部下たちが柩をカヌーに乗せて、ジャングルの奥地の村へ送り届けてくれた。

——…………。

——あいつは若いころから、妙に人徳があった。

——ええ、よく分かります。ある夜、亡命政府の隠れ家から帰っていく途中、かれは車から降りて電話ボックスに入りました。急用ができたのです。すると部下たちがいっせいに車から降りて、ガラス張りの電話ボックスを、ぐるりと取り囲みました。暗殺を警戒して楯《たて》になったのです。わたしも釣られて立っていた。ほんとうに不思議でした。自分が他人の楯になるなんて……。

——つい、そんな気にさせてしまう。そういうやつなんだ。

——新兵を補充するため、かれと一緒に難民キャンプを回ったことがあります。鉄条網に囲まれた、森のキャンプです。国境の川を渡って逃げてきた人たちが暮らしていました。国連や赤十字から支援物資がやってくる。もう飢える心配はない。スパゲッティも食べられる。缶詰のビーフシチューも食べられる。初めての食べものです。中古のジーンズや、スニーカーもはける。だから難民キャンプには、どこか、ほっとしたような雰囲気がありました。マッチョな男たちもいました。筋肉をひけらかしながら、若い娘たちをハントしていた。体格がいいからゲリラ兵士として役立つんじゃないかと思ったけれど、「ああいう連中はだめなんだよ」とブルックリンは苦笑いするばかりでした。声さえかけなかった。難民キャンプで集会をひらいて、志願兵を募ると、ためらいがちに立ち上がってくるのはマッチョとはまったく逆の、気の弱そうな、内省的な青年ばかりでした。

――その通りだ。

――かれらと一緒に、ジャングルの大樹を伐り倒して、丸木舟を造りました。全長九メートルぐらいの、大きなカヌーです。ぎっしり物資を積んで航海していきました。あのとき、ためらいがちに立ち上がってきた青年たちが乗っていました。冬のカリブ海は荒れていました。大波が黒い丘のように押し寄せてきます。

――…………。

――たまに発泡スチロールが流れてきます。カヌーが沈んだら、救命具の代わりになる。ある時、わたしは大きな発泡スチロールを拾いあげました。コーヒー・テーブルぐらいの大きさで、ちょっとした筏のようです。

――…………。

――ところが、中年の上官がわたしから奪って、その上にあぐらをかいた。かれだけが、リボルバー式の拳銃を持っていた。見せつけるように、ベルトの真ん中、ヘソのところに差していた。怖くてだれも逆らえない。ところが十七、八の若者が「それは、日本人《ハポネス》が拾ったものだ」と言いだした。志願兵を募った時、おずおずと立ち上がってきた若者です。ほかの兵士たちも「そうだ、ハポネスに返せ！」と騒ぎだした。小さな舟で、反乱が起こりそうになった。すると上官は、渋々、発泡スチロールをわたしに戻してきました。

——いるんだよな、そんな悪党が。

——海が荒れて、雨や波しぶきが降りそそいでくる。舟底に水が溜まってくる。バケツで必死に水を掻きだしていると、さっきの若者がカヌーの舳先《へさき》に立って、波しぶきを浴びながら両手をひろげ、"I love this life!" と叫びました。

——英語で叫んだのか。

——ええ、いつもスペイン語なのに、そのときだけ英語でした。

——お前に、伝えたかったのだ。

——いいえ、世界に伝えたかったのでしょう。

——そうだろうな。

——ようやく岸が見えてきました。火が燃えていた。

——漂流物のタイヤを燃やしていたんだ。

——そこが、隊長のいる中枢部隊でした。

——たがいに懐中電灯で合図したな。

――月夜の海に、わらわらと兵士たちが入ってきました。横波をくらうとカヌーは転覆する。波打ち際が危ない。兵士たちは四方からカヌーを支えながら、河口へ押していった。わたしも海に入って押していきました。それから積荷を岸に降ろして、見つめていました。ゲリラ兵士たちが、まず何に飛びつくか。食料か、砂糖か、弾薬か、薬品か、靴か、戦闘服か？　まっさきに飛びついたのは、缶に密封されている家族からの手紙でした。

――当然だろう。

――次は、物資を包んでいる新聞紙そのものだった。しわくちゃの古新聞を膝で伸ばして、焚火にかざしながら、いっせいに読みふける。静かだった。波音だけが聞こえてきます。

――みんな活字に飢えているからな。政府軍が飛行機からまいたビラまで、つい、熱心に読んでしまう。

――ええ、マッチョとは、まったく逆の人たちです。

――そうだろう。

――それから、わたしは最前線へ送られていった。

――おれたちは五年間、ジャングルで闘っていたが、外部からやってきた者は、お前ひとりだけだった。しかと見届けて、世界へ伝えて欲しかった。

――十二人の護衛兵士をつけてくれましたね。戦場を歩いていると、カンが冴えてきます。どちらから弾が飛んでくるか、直感でわかる。すると兵士たちは、すっと危ない側に回って人垣をつくってくれる。

——あの十二人は、特に信頼できるやつらだ。

——歩きつづけて一息入れるとき、戦闘服のポケットから、折りたたんだ古新聞を取りだして静かに読み返していました。たがいに交換しながら。ああ、ゲリラ兵士といっても、こういう知的な人たちなのだと胸がふるえました。野営しながら歩きつづけていくと、マングローブの繁みに小舟が二隻、隠されていました。小さな丸木舟です。分乗して遡《さかのぼ》っていくと、川は網の目のように入り組んでいました。熱帯雨林ですから。そして川と川の間に、小舟がやっと通れるぐらいの水路がありました。

——おれたちがつくった隠し水路だ。

——鬱蒼と木々が繁って、空も見えない。空から攻撃される心配がない。兵士たちは安心して、ゆっくり煙草を吸う。わたしも分けてもらいました。枯草のように、ぼうっと燃えてしまう煙草です。猿や巨嘴鳥《きよしちよう》の鳴き声が聞こえてきます。それから、ふたたび赤褐色の太い川へ漕ぎだしていく。水面にヤシの幹が電柱のように立っている。ここに集落があるという目印です。

——おれたちは、そういう村で育ったんだよ。

——高床式の、竹の家に泊めてもらいました。柱も床も、すべすべした青竹です。機関銃を抱きながら昏々と眠りました。野営するときは、蛇がいるからハンモックを吊るすしかない。わたしはハンモックが苦手でした。海老のように身を丸めなければならない。よく眠れない。青竹の家は、からだを水平に伸ばせるから、とても心地よかった。涼しい川風も入ってくる。目覚めると、竹のテラスに木洩れ日が射している。まるで青竹の宮殿、ジャングルの迎賓館にいるようでした。

——………。

——対岸に、政府軍が陣取っている。時々、銃声が聞こえてきます。猪狩りをしているのです。川を挟んでじっと対峙している状態です。夜は、いちめん蛍が飛び交っていました。静けさに耐えきれなくて、いっそ早く戦闘が始まって欲しいと苛立つこともありました。わたしの心にも狂暴さが兆していた。

——………。

——村の女たちが食事をつくってくれました。川海老の入った、炊き込みご飯です。とても大切なものです。干し海老と、カカオの実。それだけが村人の収入源ですから。海老を食べたいけれど、みんな、がまんしている。兵士たちは、炊き込みご飯を半分しか食べなかった。半分を、子どもたちに残していた。

——猪は旨かったか。

——ええ、とても。

——インディオは猟銃を持っていない。だから、猪狩りは村人への贈りものなんだ。

——水辺の朽ちた舟に、猪を投げ込んで解体します。肉を焼くとき、村中、お祭り騒ぎでした。

——海亀も食べたはずだ。

——ええ、交易船が川を遡ってきました。焼き玉エンジンの、小さなポンポン船です。食料や日用雑貨を運んでくる。その甲板に、ぐにゃぐにゃした塊りがあった。海亀の肉です。甲羅は剝《は》がされていた。

——鼈甲《べっこう》として、高く売れるからな。インディオの漁師が、肉だけ、中枢部隊に差し入れてくれたんだよ。大きな海亀だ。交易船に頼んで、半分、お前たちに届けてもらった。

——そうだったのですか。兵士たちは大喜びで、夕食の支度に取りかかった。そこらのブリキ板に穴をあけて、ココナツの果肉を擦りおろす。その白いスープに、ぶつ切りにした海亀の肉を入れてぐつぐつ煮る。

——旨かっただろう。

——ええ、意外なことに赤身の肉でした。脂身のところだけ半透明のゼリー状で、少し緑色がかっていた。

——海草を食べているせいかな。

——核ミサイルの時代に、海亀を食べながら闘っている人たちがいる。これはいったい何事だろうと考え込んでしまいました。

——…………。

——前線からもどり、隊長の中枢部隊と合流した夜、焚火のそばで語りあいましたね。あなたは、地図をひろげた。五〇センチ四方に分割された十枚ぐらいの地図。驚くほど精密でした。「大切な作戦地図を見せていいのか」と部下たちが異を唱えたけれど、あなたは意に介さなかった。懐中電灯で地図を照らしながら、素人のわたしに助言さえ求めてきた。

——外部の目が必要だと思ったからだ。

——そして「我々は勝てるだろうか？」と訊いてきました。わたしは、ただ絶句していた。

――あのとき約束したな。独立できたら、かならず、お前を国賓として招待すると。

――その日を待ちつづけていました。あれから、わたしはアメリカを去って、東京郊外の団地に住んでいました。三万人が暮らすマンモス団地です。毎日、郵便受けをひらくたびに、招待状が届いていないか淡い期待を抱いていました。

――だが果たせなかった。許してくれ。

独立できたら、どんな国をつくりたいのか訊きたかった。でも訊けなかった。

――ブルックリンは戦略的に、autonomy（自治権）を求めていた。おれは独立するしかないと思っていた。そこのところだけ意見が合わなかった。

――そのautonomyがどんなものか、ブルックリンに訊ねたことがあります。ものごとを自己決定していく権利、と答えてから、近代が歩んできた道とは関わりなく、先住民の世界が、ゆっくり、ゆっくり自律的に生成していく権利、それもautonomyだろうな、と静かにつぶやきました。

――突きつめると、おれたちはスピリッチュアルな国をつくりたかった。

――核の時代に。

――あの旗、覚えているか？

――もちろんです。機関銃の銃身に結びつけていましたね。

――独立したとき、国旗にするつもりだった。

――たがいに形見の品を交換したとき、あの旗をほどいて、手首の腕時計に巻きつけましたね。だめですよ、隊長、それはソーラー時計だから太陽光に当てなくちゃならないと言うと、あなたは戸惑いながら手首から旗を外して、膝にひろげ、しわくちゃの古新聞を伸ばすように見せてくれました。スカーフぐらいの旗だった。オレンジ、黄緑、白、青などが幾何学模様になっていました。

――おれの柩にかけてある。

――ああ、隊長、あなたはもうこの世にいない。

――…………。

――あれから、東南アジアの密林に入ったことがあります。緑の奥へ、赤土の小道がつづいて、あちこちに僧院が隠れていました。青竹ではないけれど、あの高床式の、吹きぬけの家にそっくりです。あかね色の衣をまとう僧たちが、子どもらに読み書きを教えていました。僧院が学校を兼ねているのです。床板は隙間だらけで、涼しい風が吹きぬけていく。台所には青いバナナの房や、マンゴーや、ドリアンの実がころがっている。村人たちが差し入れてくれるのです。海亀の肉のように。

――…………。

――隊長、消えないでください。どうか聞いてください。赤土の小道を歩いていくと、木洩れ日や鳥のさえずりが降ってきます。猿の鳴き声も聞こえる。小道が交わるジャングルの十字路にさしかかると、仏塔があり、仏陀が坐っている。セメント造りで、ペンキ塗りの仏陀が、赤い三日月の笑みを浮かべています。

村人たちが坐り込んで世間話にふけっている。あの隠し水路で一服していたときのような、ゆったりと穏やかな気持ちになってきます。

頭上の木々には、無数の旗が張り渡され、静かに揺れている。オレンジ、黄緑、白、青など、幾何学模様が組みあわされた仏教旗です。隊長、あなたが銃身に結びつけていた旗にそっくりでした。

——………。

——さらに歩きつづけていくと、遺跡がそびえている。熱帯雨林ですから、どしゃ降りの雨がきて、また日が照りつけ、もうもうと水蒸気がたち昇っていく。遺跡は吹きさらしのまま、濃い霧に包まれている。無数の石塔が、すみれ色がかった青空へそびえている。

塔の四面に、観音菩薩の顔が刻まれています。人の背丈ぐらいの巨《おお》きな顔で、ふっくらと肉づきのいい唇に、三日月の笑みを浮かべている。クメールの微笑です。

わたしは万里の長城や、ユカタン半島のマヤの遺跡、デカン高原の石窟寺院、アンデス山脈のマチュピチュの頂などを巡り歩いてきました。エジプトのピラミッドの内部にも入ったことがあります。けれど、遺跡はどれも王権を誇示しているような気がして、居心地が良くない。

——………。

——ところが、クメールの寺院だけはちがっていた。青竹の家にいるように、ゆったり寛《くつろ》げるのです。中心にあるのは慈悲の光源です。観音菩薩の微笑が、東西南北へ放たれている。

かつてそこらは、血みどろの戦場でした。同胞が同胞を殺しあい、一五〇万人とも言われる死体が散乱して、大地から死臭がたち昇っていた。そんな血の海で、観音菩薩は蓮の花の笑みを浮かべていた。

焚火のそばで語りあったとき、これはマテリアリズムとスピリットの闘いなのかな……と、わたしがつぶやくと、隊長、あなたは機関銃を膝に載せたまま、そう、そうなんだと身を乗りだしてうなずいた。

突きつめると、隊長もゲリラ兵士たちも、こんな国をつくりたかったのではないか。そんな気がしてきました。でも独立の夢は敗れ、みんな散っていった。機関銃を油紙に包んで、いまも屋根裏や床下に隠していると聞いています。観音菩薩の笑みが、そこにも届きますように。熱帯だというのに頬がひんやりしてきました。手でさわると水が流れている。

見果てぬ夢

我々は、追いつめられた。たえず移動しつづけているが、ひたひたと敵の気配が迫ってくる。かすかに銃声も聴こえる。野豚を狩っているのだ。銃声の距離も、日々、確実に近づいてくる。緑の森から、煙がたち昇っている。肉を焼いているのだ。

飢えながら、さまよい、野豚の焼ける光景をあさましく思い浮かべる。脂が滴り、焚火のなかでパチパチと爆《は》ぜる。焼きあがった熱い肉にかぶりつく。唇が、てらてらと赤く光る。かれら、敵兵たちがそこに野営していると分かっているのに、我々はもう奇襲をかける兵力もない。

初戦では、我々のほうが有利だった。待ち伏せて、襲う。倒した敵から武器や銃弾を奪って、さっと逃げる。ゲリラ戦の鉄則だ。だが、しだいに形勢が変わってきた。政府軍は増兵され、高地の密林にぞくぞくと送り込まれてくる。しかもジャングルでの戦闘法をたたき込まれている。何事かが起こりつつある。ラジオによると、わたしがこの山中に潜んでいることも、すでに知られてしまった。おそらく背後で《北》が絡んできたはずだ。そして兵士たちを訓練し、我々を追いつめてくる。

政府軍と遭遇するたび、我々は奇襲を仕掛けてきたが、いまは逃げ惑うばかりだ。兵力がちがう。初め五十人以上いたゲリラ兵士を、三つの隊に分けていた。斥候を兼ねる先発部隊、わたしがいる中核部隊、そして後続部隊。だが行軍しているうちに、連絡が取れなくなってしまった。痛恨の失敗だ。わたしが指揮を誤ったのだ。

農民たちに訊ねると、後続部隊はすでに消滅した。戦闘で敗れ、散り散りになってしまったのだ。先発部隊は、賞金目当ての農民に密告されてしまったようだ。政府軍に待ち伏せされていることを知らないまま、渓谷の川を渡っていくとき、いっせいに射撃されたらしい。川を赤く染めながら全滅した。そう考えるしかない。

生き残っているのは、我々だけだ。一人、また一人と倒され、十七人に減ってしまった。外部との連絡も、補給路も断たれたまま、我々は歩く。包囲網を破って脱出しなければならない。一か所にとどまってはならない。同じところに二日つづけて野営してはならない。居場所を突きとめられると、空から攻撃される。だから日ごとに、野営地を変える。焚火のあとも足跡も消しながら、ひたすら移動していく。

我々は略奪しない。農民たちの支持があるかどうか、そこで形勢が変わってくる。だが残念ながら、我々は支持されていない。鉱山労働者や農民たちが合流してくることもない。それどころか、密告さえする。この国には革命の機運がなかったのか。農民たちは我々を恐れている。なにか得体の知れぬ、ひげ面の武装集団、山賊のように思っている節がある。

食料は、とっくに底をついた。背嚢《はいのう》には、トウモロコシの粉さえ残っていない。以前は、農民から仔牛や豚を一頭丸ごと買い取ったりしていた。むろん内臓も食べる。存分に食べ、余った肉はスライスして日に乾《ほ》し、保存食にした。最後には、牛の蹄《ひづめ》を煮つめてスープをつくる。

野豚や、野生の七面鳥を食べ、キジ、貘、アルマジロなどを狩って食べてきた。七面鳥の肉は、なぜか喘息の発作をひき起こすから、わたしは食べないことにしているが。カタツムリの殻を剝《は》いでスープにして食べた。草木の芽をサラダにして食べた。けれど栄養不足で、足がむくんできた。

「馬を殺しますか？」と部下が訊いた。

「…………」わたしは黙ってうなずく。

山刀で藪を切り払いながら渓谷の崖を登り降りするとき、急流を渡るとき、馬は足手まといになる。

我々は、馬の背から荷物を降ろす。政府軍から奪ったM‐1型ライフル銃や、銃弾、薬品、最後の血漿など。
ナイフを握りしめて近づいていくと、馬は黒い瞳に水を溜《た》めている。部下は愛おしそうに馬の鼻面をさすりながら、頸動脈を切る。解体しながら、温かい血の匂いのなかで日が昏《く》れるのを待つ。まだ火を熾《おこ》すわけにいかない。煙がたち昇ると、敵機が襲ってくる。暗くなってから馬肉を焼き、かぶりつく。

馬一頭を食べ尽くすことはできない。肉を切り分け、十七人で担ぎながら移動していく。これで四日は生き延びることができるだろう。また日が沈んでから、昨日の馬肉を焼く。香ばしい匂いに包まれて、我々は息を吹き返す。これが最後の食事になるかもしれない。馬の肋骨もしゃぶり、指も口も脂だらけになって、むさぼり食う。あまりの旨さにうっとりして、なぜここにいるのか忘れそうになる。なぜ自分らは闘っているのか。我々は獣肉を食べる。食物連鎖の頂点にいる。そんな自明のことが、なぜか悲しく感じられる。この食物連鎖こそ、悪の本源ではないのか。わたしは腹いっぱい馬肉を食べ、指の脂を草でふいて、背嚢からネルーダの詩集を取りだす。部下たちに聞かせようと、焚火のそばで朗読する。自分の息が獣臭いと感じながら。

君たちは訊くだろう。
それでリラはどこにある。

ひなげしに被われた形而上学は。
あなたの言葉をしばしば打ち据え
穴と小鳥で満たしていた
あの雨は、と。

君たちは訊くだろう。
なぜあなたの詩は
夢のこと、木の葉のこと、
生国の大火山のことを
歌ってはくれないのか、と。

見に来てくれ、
街々に流れる血を、
見に来てくれ
街々に流れる血を、
見に来てくれ、街々に
流れる血を！

咽《む》せて、咳が出てきた。いやな兆候だ。わたしは発作に備える。すでに薬を切らしている。山中のあちこちに穴倉をつくり、弾薬や、医薬品、血漿、小麦粉、ラードやコンデンス・ミルクの缶などを隠していたが、すべて空っぽになっていた。脱走者や、捕虜になった者が白状してしまったのだ。わたしの喘息の薬も失われた。

焚火を消して、木々の幹にハンモックを張り渡す。枯草色のキャンバス布のハンモックだ。身を横たえ、手近な枝に背嚢や機関銃をかける。夜間の雨に備えて、頭上にシートを張ることもあるが、今夜は必要なさそうだ。ハンモックで揺られながら夜空を仰ぐ。頭上の木々がクリスマスの電飾のように星をまとっている。梢の隙間もぎっしり星だらけだ。

医学生だったころ、友人と中古バイクに二人乗りして、アンデス山脈を越え、南米大陸を縦断したことがあった。陽気で無鉄砲な、無銭旅行のようなものだった。インカの末裔たちは、歯がゆいほど無気力だった。ジャガイモを主食にしているが、アンデスは寒く土がやせているから、赤ん坊の拳ぐらいのジャガイモしか実らない。冬が来ると、乾燥させたジャガイモを湯でもどし、粥のように啜《すす》って命を繋ぐ。

湖に葦の茎で浮島をつくり、ジャガイモを栽培する先住民もいた。そのジャガイモを、湖の小魚と一緒に煮る。生臭くて、わたしにはとても食べられないが、インディオにとってはご馳走である。

夜は葦の掘立て小屋で、身を寄せあって眠る。家財道具など何もない。水音が聞こえるだけ。あまりの貧しさに胸がつぶれそうになる。結核やハンセン病も多い。南極老人星《カノープス》を見つめながら考えていた。自分は、先住民を虐殺したスペイン人の子孫だ。この肌は白い。償《つぐな》うべきだ。病んだ人たちの役に立ちたい、命を救いたいと思って、わたしは医学を志した。自分が喘息の持病を抱えているせいもあったが。

ジャングルの奥地に隔離された、ハンセン病の施設で働こうと思っていた。だが旅をつづけるうちに、自分がまったく坊やにすぎなかったと思い知らされた。スラム街の不潔さも、貧困も、鉱山労働者たちの窮状も知らなかった。病を癒すよりも、その原因である貧困をなくすことが先ではないかと気づかされた。マチュピチュの山頂や湖上の浮島で、毛布にくるまって震えながら、わたしは星空を仰いでいた。夜が明け、空が白むにつれて、星々がすうっと奥へ吸い込まれ消えていく。

あれから十四年過ぎた。我々は一つの革命をなし遂げた。《北》の傀儡《かいらい》である政権を倒して、医療費も学費も無料の国をつくりだした。だがカリブ海の小さな島国のことだ。世界は依然として理不尽なことばかりだ。不平等はつづいている。わたしは革命政府の大臣になったけれど、窮屈なことばかりだ。冷戦の狭間で大国に気づかい、肉声を上げることもできない。

去年、わたしはプラハやブラジルを経由して、この国にやってきた。頭頂を剃って、まわりの髪を白く染め、眼鏡をかけ、偽造のパスポートで潜入してきた。この国は、南米大陸のほぼ中心にある。五つの国々と国境を接している。ここから火の手をあげようと思ったのだ。

だが我々はいま、政府軍に包囲されている。標高一五〇〇メートルの高地に追いつめられている。脱出できない。飢えて、最後の馬さえ食べながら逃げ惑っている。先発部隊はすでに全滅した。わたしの隊も、わずか十七人。戦局は明白だ。敗北はまぬがれない。ゲリラ部隊という幻の怪物に向かって、政府は増兵をつづけてくる。飛行機を投入して空からも襲ってくる。《北》から軍資金が注がれているのだろう。

包囲網を突き抜け、脱出しようと移動をつづけながら、我々はさらに高地へ追いつめられていく。つまり一歩、一歩ごと、川から遠ざかっていく。水が手に入らない。渇きがひどくなってきた。やわらかい植物を切って、水気のある芯をしゃぶりながら渇きを凌《しの》ぐ。

朝、斥候が帰ってきた。渓谷も、左右の山も、政府軍だらけだという。完全に包囲されてしまったのだ。最後の日が迫ってきたのかも知れない。昼は身をひそめ、日が沈んでから、脱出路を求めて足をひきずっていく。月光のなかを歩きつづける。すでに標高二〇〇〇メートルにさしかかっている。真夜中の二時過ぎ、行軍を中断して野営することにした。疲れ果て、崩れるように眠った。

目覚めたとき、木々の葉が揺れ、鳥がさえずっていた。雑草が黄色い花をつけ、空が青い。世界はなんと美しいのか。正午、ついに戦闘が始まった。必死に応戦したが、四方から弾が飛んでくる。右足を撃たれた。それでも闘いつづけるうちに、わたしのM‐2型ライフルは銃身に被弾した。壊れて使いものにならない。拳銃を撃ちつづけたが、弾が尽きた。もう、丸腰だ。闘うすべはない。右足を撃たれて動けない。うずくまっているとき、捕縛され、高地の小さな村へ連行されていった。

がらんとした日干し瓦の小屋に監禁された。赤っぽい土間に坐り込んだまま、わたしは部屋を見回す。黒板がかかっている。クレヨンの絵が貼られている。どうやら、ここは村の小学校らしい。わたしは両手を縛られたまま、壁にもたれ、血まみれの右足を土間に投げだしていた。

政府軍の将校がやってきた。訊問がつづく。黙っているわたしに、ゲリラ部隊はどれほどの人数か、再集結する予定地はどこか執拗に訊いてくる。そこを襲えば、全滅させられると思っているようだ。わずか十七人になってしまった実体を知らず、幻のゲリラ部隊におびえている。

日が昏れた。おそらく、いま暗号の電報が飛び交い、わたしを生かしておくか、処刑すべきか決めかねているはずだ。日干し瓦の窓に星がぎらつく。ここから月は見えない。右足は止血されたが、激痛がつづいて眠れない。

夜が明けた。ヘリコプターが飛んできた。また訊問が始まった。昨日の将校とは別人だ。見かけはインディオそっくりだが、眼がしんと冴《さ》えている。知的すぎる。ゲリラ戦の場として、なぜここを選んだのか、この国には革命の機運など、ないはずだが――。そう問われて、無言で見つめ返すしかなかった。わたしが戦闘中に死亡したとラジオで報じられていると、かれは告げた。窓の青空は、硬く澄みきって雲ひとつない。

そろそろ正午だろうか。ドアがひらいた。処刑者がやってきたのか。身がまえていると、少女が立っていた。ひどく怖がっている。わたしの髪は乱れ、ぼうぼうのひげ面で、両手、両足を縛られている。右足は血まみれだ。少女は後ずさりした。無理もない。もう一年以上、風呂に浸かったこともない。戦闘服は汗や泥にまみれて汚れ、ひどく臭うはずだ。


少女は身を硬くして、わたしを見つめていたが、意を決したように近づき、湯気のたつスープ皿を差しだしてきた。旨そうな匂いがする。わたしは手首を縛られたまま、両手で皿を受け取った。

「お母さんがつくったの」

少女の声は震えていた。

「ありがとう。きみは、なんて名前？」

穏やかに、わたしは訊いた。

「フリア……。フリア・コルテス」

少女は目をそらさない。しだいに、恐怖が薄れていくようだ。

「いくつなの？」

「十九」

決して美少女とは言えないけれど、清らかな村娘だ。髪が黒く、鼻はやや丸みをおびて、肌が白い。明らかにインディオとスペイン系の混血だ。体はふっくらと成熟しているが、少しもすれていない。わたしは息を吸った。スープの匂いより、娘の匂いを嗅ぎたかった。

「この村で生まれたの？」

「ええ」

「結婚してるの」

「いいえ。小学校の先生をしている」

「すると、ここは……」

「あたしが教えている教室」

「そうか、ごめん。汚してしまったな」

「あなたは、山賊じゃないわね」

少女は確信したように言った。

「どうしてそう思う？」

「だって、目がとてもきれい。澄みきっている」

「でも臭いだろう。ずっと山に隠れていたから」

「ええ、とても臭い。でも、あなたはきれいな人」

「ありがとう」

「さ、スープを飲んで」

「わかった」

「スプーンは要らない、と兵隊さんに言われたの。手を縛られているからスプーンは使えないって。ごめんね」

「とんでもない」

わたしは深皿に口をつけ、湯気のたつスープを啜《すす》った。ピーナッツの味がした。麦や豆も入っている。トウモロコシの粒も混じっている。この村でとれる作物すべてを煮込んだのだろう。とろりとした乳粥のようなスープだった。

「うまい」

「良かった！」

少女は白い歯を見せて、うれしそうに笑った。

わたしは両手を縛られたまま、深皿を捧げるようにして、ゆっくり飲み干した。このスープの滋味こそ、世界へひろがって欲しい。それが自分の夢であったような気がしてくる。

「ありがとう、このスープは一生忘れないよ」

その一生が、間もなく終わりかけていることも分かっていた。

少女はわたしを見つめながら、痛ましそうに訊いてくる。

「山賊でもないのに、どうして、こんなことになったの？」

ほんとうに不思議でならないという顔だった。

「うーん」

わたしは口ごもった。だれも虐げられず、だれも誇りを踏みにじられることのない世界をつくりたかった。そう答えかけて、わたしは沈黙する。

「………」少女も黙っている。

静かだった。わたしは目を瞑《つむ》り、スープのうまさに陶然となっていた。愛おしい女を抱きしめているような瞬間だった。


ドアが鳴った。見張りの兵士が銃床で叩きながら、早くしろと言った。わたしは空になったスープ皿をさしだした。少女は受け取りながら、うっすらと涙ぐんでいた。

銃声が聞こえた。たてつづけに発射された。わたしと共に捕縛されたゲリラ兵士が、隣りの部屋で射殺されたのだ。次は、わたしだ。足音が近づいてくる。またドアがひらいた。自動小銃が突きだされてくる。見つめあった。兵士はおびえていた。銃口が震えている。わたしはゆっくり胸を反らしながら口を開く。

さあ、撃て！

その日、ｉは小型トラックに乗って、高架式のフリーウェイを走っていた。荷台には芝刈り機や、熊手、刈り込み鋏、ゴムホースなどを積んでいる。庭師のヘルパーをしていたのだ。つい二か月前、アメリカにやってきたばかりだった。英語もろくに話せず、労働許可証もないから、潜りの仕事についていたのだ。ロサンジェルスの家々を回って庭の芝生を刈る。ただ、それだけの仕事だった。翌週にはもう青々と芝が伸びている。また黙々と刈りつづける。若い盛りのエネルギーを、異国でこんなむなしい労働に吸い取られていくのか。

その日も仕事を終え、夕焼けのフリーウェイで小型トラックを走らせていた。前方を走る車のバンパーや、サイドミラーがいっせいに夕日を照り返す。ビル群の窓も、ガラスの崖も、いっせいに熱雲を乱反射している。意味のかけらさえない、物質の氾濫だった。つくづく、この街は明るい地獄だと思う。

フリーウェイは片側だけでも六車線ある。コンクリートの大河である。だが、その日はちがっていた。左側の対向車がヘッドライトを点けながら走ってくる。空中に浮かぶオレンジ色の川のように。バックミラーをのぞくと、後続車もライトを点けている。妙なことに気づいた。高級車は一台もライトを点けていない。中古車や大衆車にかぎって、光りを点けながら夕焼けのなかを走っていく。

何事だろう。大統領が暗殺されたのか。暴動でも起こったのか。高架式のフリーウェイから地上へ降りていった。道路わきで、黒人の少年が号外の新聞を立ち売りしていた。こんなことも初めてだった。トラックを止めて新聞を買った。

かれが死んだ！

南米の辺境、高地のジャングルで戦死したという。だが記事内容は混乱していて、どうも釈然としない。次の日から、ありったけの新聞、週刊誌、雑誌などを買い漁って、なけなしの語学力で一心に読みふけった。おぼろげながら見当がついてきた。戦死ではなく、戦場で捕縛され、裁判にかけられることもないまま、秘《ひそ》かに処刑されたようだ。

＊

高地の村で、少女フリアが持ってきてくれた乳粥のようなスープを飲み干してから四十分ほど過ぎて、処刑者が入ってきた。「さあ、撃て！」と、かれは言ったそうだ。兵士は自動小銃の引金をひく。銃口をさげて撃ったせいか、急所を外してしまった。

「頭は撃つな、首から下を狙《ねら》え」

と命じられていた。メディアに死体を公開するとき、顔がつぶれていると困るからだ。

兵士は胸を狙ったが、銃弾は急所をそれて、股間に当たった。

かれは前のめりになって、死にきれず苦悶していた。べつの兵士がやってきて、軍靴でぐいと仰向きにさせてから、心臓を撃ったという。


かれは目を瞠《みひら》いたまま死んでいる。黒ダイヤのように輝く、あの目ではない。半眼にひらいた虚ろな目に、かろうじて微光が点《とも》っている。遺体は担架ごと、ヘリコプターの脚部にくくりつけられた。プロペラが回りだしたとき、村の神父がロバに乗ってやってきて、塗油の儀式を行った。神父は、瞠いている目を閉じようとしたが、できなかった。プロペラの風圧のせいで閉じなかったのだ。

遺体は、標高一八〇〇メートルの村から、低地の軍事拠点へ空輸された。そして病院の洗濯場で、メディアに公開された。コンクリートがむきだしになった殺風景な洗濯場だ。かれは担架ごと、洗い場に横たえられた。ぼうぼうの蓬髪《ほうはつ》、ひげ面で、ひどく汚れている。高地へ追いつめられていったから、飲み水も、体を洗う水もなかったのだ。

裸足だった。明らかに、おかしい。密林を往き来するゲリラ兵士にとって、靴は、銃と同じく大切なものだ。命綱と言ってもいい。裸足になるはずはない（かれ自身、ゲリラの教則本のような著作で靴の重要性について書き記している）。たぶん、検死のため靴を脱がされたのだろう。上半身も裸である。やや瘦《や》せぎみだが、ごくふつうの体つきだ。胸に、パチンコ玉が貫通したぐらいの黒い穴がある。銃痕だ。鷲の羽の徽章をつけた制服姿の高官が、その穴を指さしながら、ハンカチで鼻を押さえている。ああ、やはり腐敗が始まっているのだ。

それでも死顔は美しい。十字架から降ろされたイエスの磔刑《たつけい》図を思わせる。かれがどこに埋葬されたか、ずっと秘密のままだった。そこが聖地になることを恐れて、公表されなかったのだ。もしも遺骨が掘りだされたら、目印がある。指紋を照合するため、かれの手首は左右とも切断されている。首を切断して、顔を丸ごとホルマリン漬けにすることも検討されたが、さすがに残酷すぎると、手首の切断に落ち着いたという。

＊

月日が過ぎた。働き、旅をつづけながら、ｉはいつも街角のポスターや、壁の落書きに目を凝《こ》らしていた。人々の無意識が炙《あぶ》りだされてくるスクリーンのように見えたからだ。かつて世界中の壁に氾濫していたのは、ビートルズだった。「ぼくらはキリストよりも有名だ」と陽気に豪語していた四人も、あっけなく消えていった。しぶとく残っていたのは、ボブ・マーリーだった。一五〇万人が餓死したという飢餓のさ中に、アフリカの十五歳の娼婦が、空の財布からそっと一枚のブロマイド写真を取りだして、聖像《イコン》のように見せてくれたこともあった。脳腫瘍で他界する前、祈るように目を瞑《つむ》りながら歌うボブ・マーリーの写真だった。だが、その姿もやがて消えていった。以後、多くのスーパースターが出現してきたが、たちまち風化していくばかりだった。

生き残っているのは、かれだけだ。ラテン・アメリカはむろん、アフリカの街角の壁で、いまもかれの顔をよく見かける。南半球だけではない。ニューヨークや東京でも、Tシャツ、ポスター、キーホルダー、バッジとなって生き延びている。まったく稀有な現象だ。南米の片隅で殺されてから、もう五十年、半世紀も過ぎてしまったのに。革命をなし遂げ、新国家ナンバー・ツーの権力者になりながら、その地位を投げ捨て、一介のゲリラ兵として散っていった。そんな《美しい人間》が本当に実在するのだろうか。まさか、人間というやつは醜く、汚く、おぞましいばかりじゃないか。

だがイエス・キリストのような《美しい魂》も、ごく稀に現れてくる。なりゆきのまま無神論者になってしまったｉにとって、キリストにまつわる数々の奇跡は荒唐無稽で、その後の神学も妄想体系にしか映らない。それでも、わずか十二人の弟子たちをひき連れて流浪していたイエスには、ずっと惹《ひ》かれてきた。断食しながらさまよったという荒野や、悪魔に誘惑されたというパレスチナの丘も歩き回り、野宿したこともある。たとえ神学が幻想体系であっても、人々にとってイエスこそが最も《美しい人間》だということは腑に落ちる。左右の掌《て》に釘を打ち込まれるかわりに、かれは両手首を切断された。

＊

馬齢を重ね、初老にさしかかったｉは、ある日、地元の吉祥寺で映画を見にいった。高地の密林に追いつめられて逃げまどう、かれの最期の日々を描く映画だった。暗がりのシートに身を沈めながら心がふるえてくる。スクリーンの映像を見つめていても、脳は勝手に、べつのことを想起していく。

金属が熔けるような夕焼け、小型トラックのカーラジオから流れてくる叙情的なトランペットの旋律。マイルス・デイヴィスの「スケッチ・オブ・スペイン」だった。ヘッドライトを点けたままフリーウェイを走っていく車の流れ。新聞を立ち売りする黒人少年。さらに脳は追起していく。アメリカ先住民たち、カリブ海の波しぶき、隠し水路、青竹の家、海亀の肉、隊長の銃に結びつけられていた仏教旗そっくりの独立旗……。

かれに扮する俳優は顔だちは似ているが、目に輝きがなかった。理想のきらめきがない。ハンサム度においても、明らかに実物に劣る。かれがいまも人気を保っているのは、映画スター顔負けの美男だったからではないか。これは笑って見過ごせないリアルなことだ。映画館の暗がりで、そんな馬鹿なことをしきりに考えていた。映画そのものも釈然としなかった。リアリティを出そうとしたのか、喘息の薬を切らして弱々しくあえぐ姿ばかり延々とくり返される。見終わっても席を立つのが億劫だった。

最期の銃殺のシーンは、どうしても腑に落ちなかった。政府軍の上官が兵士たちを整列させて「だれか、あいつを殺せるやつはいないか?」と志願者を募る。ひとりの兵士が一歩前に出ていく。貧相な中年男だ。頬がこけて目が獣的にぎらつき、鼻が曲っている。異様なほどの鉤鼻《かぎ》である。そう、銀貨三十枚でイエスを裏切ったユダの顔だ。綿々と伝えられてきた裏切り者のイメージそのものだ。映画の製作者や監督が、かれの最期のシーンを、イエス・キリストの受難に重ねようとしていることが透けて見える。

鉤鼻の兵士は、日干し瓦の教室に入っていく。かれは両手を縛られたまま、凄まじい形相で兵士を睨みつける。ユダはその眼光におびえて、自動小銃の引金に指をかけたまま、立ちすくむ。銃口がふるえる。かれは兵士を見すえながら、激しく言い放つ。

「さあ、撃て！」
つづけて何か口走ったはずだが、声や字幕は、一瞬で通り過ぎていく。残念ながら憶えていない。だが、最期のシーンの雰囲気だけは、はっきり焼きついている。かれは激昂して、さあ、撃て！この悪党、撃ってみやがれ！　と言わんばかりに、ぐいと胸を反らす。B級アクション映画のような安っぽさだ。ちがう、明らかにおかしい。

映画館を出て、吉祥寺の人混みのなかを歩いた。ハモニカ横丁に入った。噴火湾の港町から上京してきた少年は、ここで初めて、終戦直後の闇市の余韻を感じた。ジャズの店にも入り浸った。新宿と同じぐらい居心地が良く、とても好きな街だった。だが、いまは映画「ブレードランナー」の下町に似せられた、観光ゾーンに変わっている。行きつけの店で冷たいビールを飲んだ。胸に浮かんでくるのは、やはりイエスのことだ。死海のほとりのエッセネ派の遺跡。天水を溜める石の水槽。死海写本が見つかったあたりの洞窟で、蠍《さそり》が出てこないか、びくびくしながら夜を明かしたこともあった。

帰宅して書架をかき回し"The Bolivian Diary"を探しだした。妻子を連れてニューヨークに移り住んだころ、古い煉瓦造りのアパートで読みふけった記憶がある。スペイン語から英訳された、かれの最後の日記だった。窓の外には、燃えながら崩れ落ちていった銀色の超高層ビルが見えていた。

先の「見果てぬ夢」は“The Bolivian Diary”を読み返しながら、あれこれ想像して書き綴った作文にすぎない。引用させてもらったパブロ・ネルーダの詩は、野谷文昭さんの訳だ。かれが戦場でネルーダの詩集を持ち歩いていたのは、まぎれもない事実である。だが死後に公表された、かれの遺留品のリストには記されていない。追いつめられ、渓谷や高地をさまようとき、背嚢《はいのう》を失ったのかも知れない。処刑者に向きあう場面も、フィクションにすぎない。死にゆく者が、死の瞬間を記述することはできない。不可能だ。事実、かれの日記は死の二日前に途切れている。

かれが生きているときの、最後の写真はとても惨めだ。日干し瓦の教室から外へひき出され、《北》の情報部員が撮影させたのだ。かれは疲れきっている。気力が尽きて、暗く俯いている。聖像《イコン》のように流布している、あの凜々しい英雄的な顔ではない。処刑されるのではないかと恐怖を怺《こら》えている。ルーペを使ってよく見ると、かれは縛られた手にパイプを持っている。喘息の持病がありながら、かれはパイプを手放せなかった。葉巻も吸う。山中で野営するとき、その煙が虫よけになるからだという。

どうでもいいことだが、パイプ・マニアのiはそれらの写真をつぶさに検討した。最初のゲリラ戦の頃、かれは「ブルドッグ」と呼ばれる型のパイプを愛用している。火皿がひしげた紡錘形で、ステムと呼ばれる煙道は鋭角的な四角形になっている。だが南米の戦場では「ビリヤード」と呼ばれるオーソドックスな型のパイプである。おそらく実業家を装って、偽造パスポートで潜入するとき、そのほうがもっともらしく見えると思ったのだろう。山中で捕縛されたとき、かれは政府軍の兵士に一服させて欲しいと言っている。日干し瓦の小屋に監禁されているときも、訊問者から煙草を分けてもらって、紙巻き煙草二本をほぐして、パイプにつめて吸ったという。そのパイプの行方はわからない。ネルーダの詩集と同じく、遺留品のリストから消えている。

"The Bolivian Diary"には、新聞の切り抜きが挟まれていた。"OCS NEWS"という、ニューヨークで発行されているタブロイド版の日本語新聞で、友人が編集長を務めていた。聡明な友であったが、認知症が始まっているという噂も届いてくる。切り抜いた記事の内容は、とっくに忘れていた。

遺骨が発見されたという記事であった。日付を見ると、かれが処刑されてから、三十年ぐらい過ぎたころだ。かれの遺体は病院の洗濯場で公開されてから、長いこと行方不明のままだった。埋葬されたところが《聖地》にならないよう秘密にされていたのだが、ついに突きとめられ、掘り起こされたのだ。病院がある辺境の町、軍事的な拠点となっていた飛行場の、滑走路のそばに埋められていたという。

遺骨は赤褐色がかっている。赤土の色が染みついてしまったのだろうか。頭蓋骨から足指まで骨はそろっているが、両手首がない。DNA鑑定の結果、まちがいなくかれの遺骨であると確かめられた。記事によると、射殺される間際に、かれはこう言い放ったという。

「さあ撃て！　臆病者！　男を殺せるのか！」

ちがう、ちがう、まったくちがう。スペイン語の出版物から翻訳したのだろうが、そんなことを口走ったとは思えない。あの映画のラスト・シーンそっくりの安っぽさだ。処刑される四十分ぐらい前、温かいスープを運んでいった少女フリアは、後になってからも「あの人は、とても静かでした。目が澄みきっていました」と語っている。

銃を取る前、かれは詩を書く青年であった。医師資格を得てからも、ハンセン病の病棟で働こうとしていた。ゲリラ部隊を率いながらも、背嚢にパブロ・ネルーダの詩集を忍ばせていた。ゲリラ兵士が決してマッチョではないことは、iもよく承知している。

最後に、かれが何と言ったのか気になってきた。こうなると止まらない。かれについての伝記・評伝などをアマゾンで注文して読み漁った。YouTubeの映像も見た。ヘッドライトを点けたまま走っていく車の列を見た日から五十年も過ぎているが、かれは依然として若々しい。夭折した者こそ永遠の若さという特権を得るのだろう。老眼のiはルーペで写真をのぞき、十数冊を読み漁り、唖然とした。かれの最後の言葉は、あらゆる本ごと、すべて異なっている。完全にバラバラだった。

「さあ、撃て！　わたしを殺してみろ！」

「さあ、撃ちたまえ！　びくびくしないで！」

「お前は、いま、人間を一人殺すのだ」

「落ち着け。人一人を殺すだけのことだろ」

「早く撃て！　どうした、根性なし！」

「早く射て。それが君の仕事だろう」

「撃て、びくびくするな！」

「ちゃんと狙って撃て！」

「撃て、恐れるな。おれはただの男にすぎない！」


どれもこれも、ちがうと思う。「おれはただの男にすぎない！」という芝居がかった台詞など、噴飯ものではないか。ただ一つ共通しているのは「さあ、撃て！」と促す言葉だけだ。スペイン語の書物を取り寄せても、結果は同じだった。すべて伝聞や想像による言葉なのだ。かれの最後の肉声を耳にしたのは、ただ一人、殺害した兵士だけだ。しかも空元気をつけようと酒を飲んでいた。その勢いのまま、自動小銃の引金をひいたはずだ。至近距離で撃ったのに、急所を外している。かれは死にきれず呻いていた。とどめを刺したのは別の兵士だった。だれも憶えていない。かれの最後の言葉は、空気のふるえとなって消えていった。

久しぶりに「聖書」をひらいてみた。十字架にかけられたイエスが、処刑者に対して洩らした言葉を確かめたかった。漠然と「マタイによる福音書」にあるはずと思い込んでいたが、どこにも見つからない。「マルコによる福音書」にもない。探していた一節は「ルカによる福音書」にあった。

――ピラト（ローマ総督）はイエスを釈放しようと思って、改めて呼びかけた。しかし人々は、「十字架につけろ、十字架につけろ」と叫び続けた。ピラトは三度目に言った。「いったい、どんな悪事を働いたと言うのか。この男には死刑に当たる犯罪は何も見つからなかった。だから、鞭で懲らしめて釈放しよう。」ところが人々は、イエスを十字架につけるようにあくまでも大声で要求し続けた。その声はますます強くなった。

――ほかにも、二人の犯罪人が、イエスと一緒に死刑にされるために、引かれていった。「されこうべ」と呼ばれている所に来ると、そこで人々はイエスを十字架につけた。犯罪人も、一人は右に一人は左に、十字架につけた。そのとき、イエスは言われた。「父よ、かれらをお赦《ゆる》しください。自分が何をしているのか知らないのです。」

かれも赦そうとした。自分に銃口を向けてくる者を赦そうとしたのではないか。「早く射て。それが君の仕事だろう」という言葉がふさわしい。そんな気がする。いや幻想かも知れない。かれは聖者ではない。女性たちに愛され、婚外子もいる。戦闘で多くの敵を殺《あや》めてきた。革命後も、旧政府軍の兵士たちを容赦なく処刑してきた。甘いヒューマニストではない。だから捕縛されたときから覚悟していたはずだ。夢は去った。疲れきって、失意のなかで静かに敗北を受け入れたのかも知れない。人が老いていくように。

アダムとビビ

——ねえ、アダム、ようく見てね。
——…………。
——だれだか、わかる？　あなたと同じかしら。
——ちがう、ちがう、これ、ゴリラ。
——そう、ゴリラよね。
——大きい、大きい。
——でも、とてもやさしいのよ。ビビって名前。
——猫、いる。
——ビビは、子猫が大好きなの。いつも一緒に遊んでいるんだって。
——尻尾、ない。
——子猫の名前、覚えてる？　ビデオ、巻き戻そうか？
——アップル。

――そう、よく覚えてたね。赤毛で、尻尾がなくて丸いから、アップル。
――アダム、猫、欲しい。
――あなたには、妹がいるじゃない。
――猫、欲しい。
――わかった、考えておくね。
――プレゼント、猫。
――ね、あのゴリラに、会ってみたい？
――ゴリラ、大きい、怖い。
――でもね、ビビは、ことばが話せるの。
――ほんと？
――ほら、ビビのそばに、女の人、いるでしょう。
――かわいい、人形、だれ？
――アンナ。あの人が、ことばを教えたの。
――…………。
――ビビに、会ってみたい？
――いい、ゴリラ？
――ええ、とても、いい、ゴリラよ。
――…………。

――だから、アダムとビビを会わせたいな、と思ってるの。

――これ、使う？

――いいえ、キーボードは使わない。

――声、出ない。

――手話といってね、ビビは手と指で、お話しするの。


わたしとアンナが出会ったのは、霊長類学会のパーティーでした。わたしは、いちおう教授ですが、若いアンナは学界に居場所がありません。霊長類学のアイドルといったところでしょうか。それでも、いま類人猿に言葉を教えようと試みているのは、わたしたち二人だけです。だから、かろうじて霊長類学会に招いてもらえたのでしょう。

わたしはキーボードを使って、ボノボに言葉を教えてきました。類人猿の知能や、言語能力を実証したい。アンナは、ゴリラに手話を教えています。だから同志的な思いを抱いたのでしょう。学会の論文発表が一段落してパーティーになると、アンナがすっと近寄ってきました。

「わたし、アンナです」

「わたしは、エリザベス」

「もちろん知ってます、リズでしょう！」

遠くからひそかに畏敬してきたという目《ま》ざ《な》しです。

わたしは気恥ずかしいほど中性化してしまいました。ストレスだらけで、心はいつも武装して、乳房が萎《しぼ》んでいくにつれて地位があがってきたのです。アンナは若い金髪の美女です。なにかのグラビア雑誌で、巨大なゴリラとアンナが手話を交わす写真に《美女と野獣》という見出しがついていたことがあります。

「チョムスキー、どう思います？」

アンナはまっさきに訊いてきました。ひたむきで、社交辞令などかけらもない。

「敵」わたしは即答しました。

「そう、最強の敵！」

アンナは青く目を輝かせながら、

「言語能力は普遍的にあるという説、それはいいけれど、ヒトだけにあるというのは納得できません」

生物学的には無知すぎるんじゃないかしら、と言いつのってきます。

「そうよ！」

わたしたちは意気投合しました。

ノーム・チョムスキーは、マサチューセッツ工科大学の言語学者で、現代最高の知性と讃えられています。その名声に比べると、わたしたちはチンピラ同然です。わたしは、チョムスキーを畏敬しつつ憎んでいます。アメリカがどれほど無慈悲に、残酷に、暴力をふるいつづけてきたか、チョムスキーは果敢に告発しています。母国アメリカの悪を、あれほど苛烈に暴きつづける人はほかにいない。もの凄い人です。

でも、言語学者としてのチョムスキーには異論があります。かれの説によると、言語能力は、ヒトの脳に、先天的に組み込まれているそうです。青写真のように。ほんとうでしょうか。脳のどの部位に、どんなふうにあるのか、いっさい言及されていません。しかもその言語能力は、ヒトにだけあるというのです。チンパンジーも、ボノボも、ゴリラも、類人猿は初めから除外されているのです。

チョムスキー自身は高みで黙しているけれど、門下の言語学者たちが、わたしたちの研究を批判してきます。アンナの著書は、笑いものにされています。手話といっても、もの真似をしているだけじゃないのか、第三者との手話はうまく通じないとか。アンナはスタンフォードの博士号を取得していますが、心理学の学位のせいか、いまだに素人扱いされています。類人猿の知性を測る比較認知学は、心理学と隣接している領域だと思いますが。

わたしも名ざしで批判されています。統語法《シンタックス》がない、構文もない。そんな類人猿のたわごとを言語とみなすことはできないと言うのです。そして、科学的に意味のないプロジェクトであると決めつけられています。

アダムが使っているキーボードには、二七〇ぐらいの図形があります。それぞれが、リンゴ、バナナ、欲しい、好き、嫌い、オモチャ、かわいい、糞、人形、思う、といった単語を表しています。キーを押すと音声が出ます。車椅子の天才ホーキング博士のキーボードのように声を発するのです。嫌いな人が近づいてくると、アダムは、

――あの人、糞、トイレ。

とキーを押します。大好きな人がやってくると、

――あの人、かわいい、人形。

そっと抱きしめる仕草をします。まぎれもなく言葉でしょう。でもチョムスキー一門は、頭から否定してくる。言語学からも、自然人類学からも、わたしたちは冷笑されています。比較認知学は、まだ新しい学問分野です。骨を調べ、骨盤や、脳の容量を測ったりする従来の霊長類学とも、肌合いがちがいますが。

《リーキー三人娘》のこと、ご存じですか。オルドヴァイ渓谷で、ジンジャントロプスの化石を見つけたのが、リーキー博士です。当時、最古のヒトの化石だと見なされていました。いまはルーシーのように、もっと古い化石も見つかっています。それでも、リーキー博士の功績は不滅です。毀《き》誉褒貶《よほうへん》の激しい人ですが、まぎれもなく古生物学の巨人です。イギリス人宣教師の子としてケニアで生まれ育ち、キクユ語もスワヒリ語もぺらぺら。

わたしが学会でお見かけした頃は、もう晩年で、頭が禿げあがって、首から紐つきの老眼鏡をぶ

らさげておられました。まわりのネクタイ姿の学者たちとは、まったく異質です。開襟シャツ姿で、野性的です。身のまわりに、じりじりと日の照りつける荒野が見えてくる。笑うたび、前歯の欠けた口が奥深い洞穴のようにひらいて、石器時代のヒトたちが隠れているような気がしてきます。

リーキー博士は化石を探しつづける一方、ゴリラやチンパンジーなど、類人猿の生態を調査すべきだと述べておられました。ヒト社会の起源を手探りしていたのでしょう。そして見所がある若い女性たちを、次々に辺境の密林へ送り出しました。まずジェーン・グドールを、タンザニアの湖のほとりの熱帯雨林へ。

ジェーンは英国の名門の生まれで、まだ十八の美少女でした。リーキー博士を慕ってアフリカへやってきたのですが、以後、四十年も密林に住みつき、野生チンパンジーの生態をつぶさに観察してきました。蛇足ですが、ジャングルの王者ターザンの恋人も、たしかジェーンでしたよね。あちこちの財団に働きかけて資金を工面したのは、もちろんリーキー博士です。

《リーキー三人娘》の次女は、アメリカ女性のダイアン・フォッシーです。大柄で、気丈夫で、いかにもヤンキー女性です。アカデミズムとは何の縁もなく、セラピストをしていたのですが、リーキー博士に見いだされて、マウンテン・ゴリラの棲息地へ送り込まれました。ダイアンは霧深いルワンダの森に十三年も住みつき、ついに野生のゴリラたちに受け入れられて、明るい草むらで一緒に戯れるようになりました。

三女のビルーテは、アフリカではなく、ボルネオの熱帯雨林へ送り出されていきました。オランウータンを観察するためです。類人猿のなかで、いちばん先に系統樹から枝分かれしていったのはオランウータンです。つまり、ゴリラやチンパンジーよりも、ヒトから遠いはずです。でも姿かたちは、わたしたちによく似ており《森のヒト》と呼ばれています。森の樹冠あたりで暮らしていて、めったに地上に降りてきません。生態は謎に包まれていましたが、三女ビルーテのおかげで、多くのことが分かってきました。

オランウータンは群れをつくらず、それぞれ単独で暮らしています。生殖の季節になると、オスがやってきて樹上でセックスします。ビルーテは四半世紀もボルネオに腰を据えて、森の伐採と闘いながら、密猟、密売されたオランウータンの子どもたちを買いもどして、森に帰そうとしています。

リーキー博士は、三人の資質を見抜いたのです。きれいごとだけじゃありません。チンパンジーの狩りや、肉食、子殺し。ゴリラの嬰児殺し、その死体を食べることなど、霊長類にひそむ闇を見すえていく気運も、三人娘から兆してきたと思われます。《リーキー三人娘》の試練に比べると、わたしたちは安全圏にいます。まず身の危険はありません。冷房の効いた大学の研究所で、類人猿の知能や言語能力を調べようと、日々、コンピュータと向きあっています。

——ねえ、アダム、ビビのこと、好き？
——わからない。
——ビデオ、見たでしょう。
——いい、ゴリラ。
——ええ、とてもやさしいの。子猫を、かわいがってる。
——アダム、猫、欲しい。
——考えておくね。
——プレゼント、猫。

アダムの母は密猟され、アフリカから転売されてきました。まだ幼児でした。性別も分からないまま、わたしたちの霊長類研究所が買い取って育てることにしました。野生動物の売買を禁じる《ワシントン条約》ができる前のことです。わたしたちはキーボードをあてがって、言葉を教えようと試みてきました。ボノボの知能を測ろうとして。でも何年たっても、まったく言葉を覚えてくれません。希少種のボノボを増やそうと、わたしたちは懸命にオスを捜《さが》しました。そして人工授精でようやく生まれてきた赤ん坊が、アダムです。

アダムは母親のそばで遊びながら、いつの間にか、キーボードを覚えていたのです。それだけじゃありません。わたしたちが話している言葉も、分かるようになった。幼児が耳で言葉を覚えるように、ごく自然に言葉を覚えてしまったのです。もちろん話すことはできません。喉の構造がちがいますから。でも聞き取ることはできる。たとえば研究所の森を散歩しながら、

——ねえ、アダム、そこらの枝を集めて。それから、わたしのポケットのライターで、火をつけて。

と言うと、その通りにします。なんと、火を熾《おこ》すのです。信じられないでしょうが、火を怖がりません。焚火を楽しむのです。動画でも見ることができますよ。それだけじゃない。わたしたちの霊長類研究所は、町から離れた森のなかです。だから、自分たちで食事を作ります。アダムは調理場をうろうろしたり、流しの向こうに腰かけたりしています。

——ほら、アダム、手伝ってよ。そこのジャガイモをよく洗って、鍋に入れて。それからガスの火をつけてね。

アダムは正確に、そうします。ほんとですよ。動画で確かめてください。でも、かすかな疑念もある。アダムは、ほんとうに言葉を理解しているのか。森を歩きながら、そろそろ焚火を熾すころ

だろうと予期していたはずです。調理場でも、次に、大好物のジャガイモを茹《ゆ》でるころだと分かっていたはずです。わたし自身が「ポケットのライターで、火をつけて」と言いながら、ライターの入っているポケットを、アダムのほうへ突きだしたかも知れない。そんなかすかなサインを、動物は素早く読みとります。サーカスの賢い馬のように。

ビビとアンナが交わす手話も、《アメリカン・サイン語》と呼ばれていますが、その延長上にあるのかも知れない。もしも、そうだとしたら、アンナやわたしが試みてきたことは、すべて幻想にすぎない。

わたしもアフリカに行ったことがあります。野生のボノボを見たいと思ったのです。アダムは生まれたときから、人間と共に育ってきた特殊なボノボです。一般化できない。故郷の熱帯雨林で、野生のボノボたちがどんなふうに暮らしているか、どうしても知らなければならない。肉眼で見なければならない。

夜通し、大西洋上を飛びつづけ、夜明けに海が金色に光ってきました。アフリカは、まだ見えてきません。ただ眼下の海が見えるだけです。じりじりしているうちに高度がさがり、紺碧の海に点々と突きだす岩礁が見えてきました。アフリカ最西端の岬です。

ダカールの空港には赤い砂漠が迫り、錆びついた飛行機があちこちで野ざらしになっていました。サン＝テグジュペリが南米への郵便航路をひらこうとしていた拠点です。そこから飛び石づたいに象牙海岸にやってきて、ザイールへ飛びました。いまのコンゴ民主共和国です。

途方もない大河が、東から西へアフリカ大陸をよぎり、滔々《とうとう》と流れています。コンゴ河です。向こう岸が見えない。まるで赤褐色の海のようです。チンパンジーと、ボノボは同種でありながら、この大河によって南北に分断されてしまったのです。ボノボは、チンパンジーの亜種と見なされ《ピグミー・チンパンジー》と呼ばれていました。でも、いまは別の種だと言われています。同属別種ですね。長い年月、大河で隔てられているうちに種が枝分かれしたのです。

コンゴ河の北側に棲むチンパンジーは、典型的なオス社会です。オスたちが群れをつくり、巡回しながらテリトリーを、縄張りを死守しようとする。メスを奪われないように、メスが逃げていかないように見張っている。そして異なる群れに出くわすと、かならず闘争になる。凄惨な殺しあいになる。《原戦争》が始まるのです。狩りもします。棍棒を手に、小型の羚羊《れいよう》類、子鹿などを狩って、肉食をします。生肉をひき裂いて食べる。新しいボス猿が群れを乗っ取ると、子殺しをやる。前のボスの子を皆殺しにする。すると、メスたちが発情して、子を殺したオスと性交します。事実です。チンパンジーは暗い、不気味な闇を秘めている。まぎれもなくわたしたちヒトも、その闇を共有しています。

ところが、ボノボは逆。メス社会で、いわゆるボス猿もいません。ごく稀にリスなどを捕食することもあるそうですが、ほぼ完全なベジタリアン、菜食主義者です。同種の殺しあいもない。群れと群れの闘争もない。子殺しのケースは、まだ一件も報告されていません。メスたちが仕切っているから、子殺しをさせない。アリストパネスの「女の平和」が浮かんできます。

わたしたちとチンパンジーが系統樹から枝分かれしたのは、五〇〇万年ぐらい前です。その頃まで、わたしたちはまったく同一の姿かたちの生きものだった。わたしたちは、チンパンジーと、ボノボを内奥に秘めています。そう、わたしたちはチンパンジーと同じく、同種を殺しあう生きものです。結局、遺伝子そのものが生き延びようと、わたしたちを乗りつぎ、乗り捨てていくのでしょう。

京都大学霊長類研究所のスタッフの助けを借りて、コンゴ河南岸の森に入っていきました。なぜか地面はなめらかで、まったく石がありません。湖底がせりあがってきた地形だから。森は深く、静かです。熱帯雨林というと、花が咲き乱れ生命が満ち溢れていると思われるでしょうが、そんなことはありません。森はいつも薄暗く、じめじめして花も咲いていない。森の底で、虫や蟻や蛇がうごめいているだけ。明るく華やいでいるのは、森の樹冠のあたりです。

わたしはボノボが性交するところを見たいと思っていました。野生動物はオスがメスの背にのしかかって、後背位でセックスします。まさに交尾。言葉そのものが後背位を意味している。チンパンジーも、ゴリラも、虎も、ライオンも、象も、かならず後背位です。

でも、人間はちがいます。かつては後背位だったけれど、いまは顔を向けあいながら性交するようになって、それが《正常位》と呼ばれるようになりました。ヒトという種の、標準的なセックス体位です。ボノボも同じ体位、いわゆる《正常位》でセックスします。その映像に目を瞠《みは》ったことがあります。深い森がひらいて、木洩れ日が射してくる黄緑の草地で、ボノボがセックスしているのです。オスが野球のキャッチャーのように中腰になって、メスの腰を抱きかかえ、ぐいと引き寄せています。メスは両足をオスの胴に巻きつけ、弓なりに身を反らしながら、後ろ手をついています。後背位にくらべて、どこかしら不自然です。なぜでしょう。メスの陰核、クリトリスが前にきているから《正常位》のほうが快感があるのではないかと言われています。中性化してしまったわたしも、ぞくっとします。

ある日、森を歩いていると、あたりが急にざわめいてきました。風が立ったわけでもない。猛禽や、肉食獣がやってきたわけでもない。わたしはアメリカ南部で育ちましたから、ハリケーンや、竜巻の怖さを知っています。あの前ぶれ、なにかしら不穏な気配が森にみなぎってきました。鳥のさえずりがやむ。立ちどまり、頭上を仰ぐと、ボノボの群れが見えます。枝から枝へ飛び移っていく二つの群れが、樹冠のあたりで遭遇したのです。大変です！　チンパンジーの群れが出くわしたら、恐ろしい闘いになる。戦争になる。

ところがボノボの群れは、樹上で身をすり寄せながら、セックスを始めたのです。だがボノボは人間と同じで、いつでもセックスする。その時季だけセックスするのです。野生の動物たちには発情期があります。その時季だけセックスできるのです。びっくりしました。若いボノボも、老いたボノボも、いっせいに性行為に向かっていったのです。メス同士が向きあって、たがいに性器をこすりつけ合っています。オスたちも勃起したペニスを交叉させ、こすりつけ合う。疑似セックスです。実際に性交するオス・メスもいます。そうやって争いを避けているのです。いま自分の目に映る光景を、アダムの脳へ転送したいと思いました。アダムは故郷を知りませんから。

森の底は暗くじめついていますが、ボノボたちが群れる樹冠には、さんさんと日が降りそそいでいます。葉の色さえちがいます。下方は暗緑色なのに、樹冠のあたりは明るい黄緑で、青空がひろがっています。花が咲き、鳥がさえずり、木の実をついばんでいる。

ボノボたちは枝を揺らしながら、ひたすら性に耽《ふけ》る。どきどきしながら、わたしは双眼鏡で見あげていました。はしたなく、パンツが少し湿ってきたようです。あはは。ボノボたちは樹冠を揺らしながら、ひたすらセックスする。疑似セックスをする。淫らでありながら、清らかです。生の祝祭、まさに天上の乱交です。やがて神の精液のように雨が降ってきます。

*

わたしもビビに、アダムの映像を見せました。アダムは天才のサル、天才の類人猿《エイプ》として知られていますから、まったく火を恐がらず、リズのポケットからライターを取りだして焚火を熾す、あの有名な映像に、ビビは目を瞠っています。

——ねえ、ビビ、面白い？
——グッド、いいね。
——どう思う、アダムのこと？
——頭、グッド、グッド。ことば、わかる。
——そう、アダムは、人のことばがよくわかるの。
——かしこい、グッド、素晴らしいチンパンジー。
——あのね、アダムは、チンパンジーじゃなくて、ボノボなの。
——…………。
——ボ・ノ・ボ。

手話を交わしながら、わたしは声を出します。ビビは真似しようと、喉から、低く、くぐもる声を洩らします。ゴリラのビビも人の言葉が、かなり分かるのです。同じヒト科の類人猿ですから、尻尾もありません。でも、発声できない。理由はご存じですよね。喉の構造がちがうからです。ヒトは直立歩行して、首がまっすぐに伸びるようになってから、複雑な音を発することができるようになったそうです。ビビは全身全霊で、わたしの声に聞き入っています。まるで言葉についている色を見極めようとするように。共感覚というのでしょうか。ゴリラが、人よりも深い感情を湛《たた》えているような気がすることもよくあります。

――ボノボと、チンパンジーは、兄弟なの。

――同じ？

――だけど、別なの。

――ビビ、わからない。

――そうね。ゴリラとボノボは、遠く離れて棲んでいるから。

――………。

――どう、アダムと会ってみたい？

――ビビ、会いたい。

――いい友だちに、なれるかもね。

――アダム、手話、できる？

――できない。

――…………。

――アダムはね、キーボードを使ってお話しするの。

――ビビ、できない。

――だいじょうぶよ、わたしが通訳するから。

ビビと出逢ったのは、十年ぐらい前のことです。「ゴリラの子がやってきた」という電話を受けて、まっすぐ駐車場へ走りました。わたしの車は、フォルクスワーゲンの小型バス。かつて《フラワー・チルドレン》が熱愛していた車です。おまけに、わたしが住んでいるアパートはサリナスにあります。ジェームズ・ディーンの映画「エデンの東」の舞台になったところです。わたしは少女の頃から「エデンの東」を、DVDで何十回も見てきました。時代遅れの、変な子だったのです。退屈な田舎町で生まれ、退屈な州立大学を卒業して、スタンフォードの大学院にやってきたとき、迷わず、サリナスに部屋を借りたのです。まだ周囲には農地があり、苺畑に光りが満ちています。

ギアをトップに入れて、スタンフォードやシリコン・ヴァレーをよぎっていきました。ゴリラの子を早く見たくてたまらなかった。サンフランシスコ動物園に、飼育係をしている友だちがいます。だからゴリラの子を抱かせてもらえると楽しみにしていたのですが、ガラス張りの部屋に隔離されていました。その子は《ビビ》と名づけられました。

名づけ親は、園長です。アフリカが好きで、学生時代、リーキー博士に私淑していた園長は《ハワァ》という名前にしたかったそうです。アラビア語で《イヴ》のことです。東アフリカでは、ごくありふれた名前なんですって。でもイスラムへの風当たりが強く「アラビア語は、ちょっとまずい」というわけで、《ビビ》に落ち着きました。スワヒリ語で、女性という意味です。妻や、祖母のことも、女性全般を《ビビ》と呼ぶそうです。

女の子であるという以外、どこで生まれたのか、何歳なのか分かりません。歯から見て、たぶん三歳前後だろう、というのが園長の見解です。西アフリカのカメルーンから売られてきたそうですが、そこはおそらく中継地です。密猟され、業者たちの間を転売されてきたのでしょう。

幼いビビは、人見知りでした。それでも飼育係に抱かれながら、ライチの種のような丸い黒目をきらきらさせています。好奇心がいっぱい。好奇心というのは知能そのものです。わたしはビビを抱きたかった。じっとがまんしていると、突然、ビビはわたしに飛びついてきました。ふさふさの黒い毛、やわらかい体。ビビは、わたしの髪の毛をつかんで、しげしげ見つめたり、匂いを嗅いだりします。金髪が珍しかったのでしょうか。小さな手で抱きついたまま、離れようとしません。そのときです。ビビに手話を教えようと思ったのは。

ハイスクールの頃、わたしは地域のボランティア活動で手話を習いました。手と指で、全人類がコミュニケーションできる。素晴らしいことです。手話は万国共通だと思い込んでいた。耳の不自由な人たち、障害のある人たちが国籍を超えて、世界中、どこでも、手話で自由に語りあえると思っていたのです。でも、そうじゃなかった。わたしが習った手話は《アメリカン・サイン語》といって、あくまで米語をベースにしています。ドイツの手話はドイツ語に、日本の手話は日本語に基づいている。なあんだ、そうだったのか。がっかりしたけれど、もしもビビに手話を教えることができたら、種を超えていける。


計画書を提出すると、園長も、博士論文の指導教授も、

「ゴリラは、まずいんじゃないか」

と難色を示しました。

チンパンジーやゴリラなど、大型の類人猿は六歳を過ぎると凶暴になり、手に負えなくなるというのです。テレビなどで見かける可愛いチンパンジーは、すべて赤ん坊か幼児なのです。成獣となったチンパンジーは、気性が荒く、もの凄い腕力です。おそらくプロレスラーも敵《かな》わないでしょう。歯も鋭い。研究者の指を嚙みちぎったこともあるそうです。まして、ゴリラが成長したらどうなるか。

「いいかい、ビビはいま子どもだけど、やがて、きみより大きくなる。体重二〇〇キロぐらいの巨体になる」

研究対象としては危なすぎるというのです。遊びながら、ひょいと殴られただけで脳震盪《しんとう》を起こす。美女をさらってエンパイヤー・ステートビルの鉄塔を登っていく、映画の、狂暴なキングコングのイメージも刷り込まれている。

《リーキー三人娘》のダイアンは、霧深い森でゴリラと共に十三年も暮らしてきました。マウンテン・ゴリラは密猟者たちによって次々に殺され、生き残っているのは数百頭ぐらいです。そのゴリラたちを守ろうと、ダイアンは密猟者たちとの闘いを始めました。ヤンキー娘が全身全霊をかけた、孤独な、厳しい闘いでした。そしてある日、ダイアンは惨殺体となって見つかりました。おそらく密猟者たちに殺されたのです。

わたしもヤンキー娘のはしくれですが、ダイアンのような勇気はありません。アフリカの霧深い森で、女ひとり十三年も暮らすなんて、とても無理です。でもビビだけは守る。成獣になったビビとも一緒にやっていける。そんな直感もありました。チンパンジーにくらべて、ゴリラは知能が劣るとも言われています。チンパンジーは小枝を使ってシロアリを釣ったり、石を摑《つか》んでアブラヤシの種を巧みに割ったりします。狩りもします。すでに石器時代が萌芽しかかっている。

でもゴリラに、そんな兆しはない。器用さがない。

「手話を教えるのは難しいんじゃないか」

と園長に諭されたこともあります。

ゴリラの指は、ごつくて、太い。革のグローブのようだから、繊細な手話には向いていないというのです。それでも、なんとか了解してもらいました。確かに器用さでは劣ります。でも、IQではなく、EQがある。ゴリラは深い、深い感情を湛えていると感じています。

動物園には、いつも見物人が群らがってきます。静かに手話を教えられる環境じゃありません。園長は「ビビを檻から切り離して、トレーラー・ハウスで育てたらどうか」と提案してくださいました。ありがたい！　わたしは飛びつき、必死にお金をかき集めて、中古のトレーラー・ハウスを手に入れました。動物園の奥まった緑のなかにひっそり隠れるビビの家、わたしたちの家です。

それから紆余曲折があって、わたしは《ビビ財団》を設立しました。篤志家たちから寄付を募り、人里離れた森のなかに引越しました。いまビビの体重は、わたしの二倍以上です。これから、さらに巨大化して、二〇〇キロへ近づいていくでしょう。でも、わたしたちはいまも仲良しです。両手の指で合図しながら、霧深い意識の森を歩いています。これまでビビと交わした対話を、学界誌や、あちこちの雑誌に報告してきましたが、冷笑されることが多かった。いちばんつらかったのは、チョムスキー一門からの批判です。リズの研究とひとまとめに嘲笑《あざわら》ってきます。統語法《シンタックス》がない、構文をなしていない。だから言語ではないと。どうして、そんなことが言えるのでしょう！

子猫のアップルが車に轢《ひ》かれて死んだとき、わたしは恐るおそる、ビビに伝えました。

——アップルは、死んじゃったの。

——…………。

——車に、つぶされて、昨日、死んだ。

——…………。

——もう会えないの。

——…………。

ビビは坐り込んだまま、目がうつろに泳いでいます。わたしの声や表情で悲しいことが起こったと察したようですが、どう応えたらいいのか途方に暮れている。《死》が分からないのでしょうか。やはり、ゴリラにすぎないのか。少しがっかりしながら、わたしはトレーラー・ハウスから出ていきました。何かを、あきらめかけた瞬間でした。明るい日射しを浴びて牧草地が輝いています。わたしは草むらに坐っていました。時は止まっているようですが、草も、わたしも、永遠も、すべてが時間のなかを移動していく。

ビビの声が聞こえました。いつもとは、ちがう声です。耳を澄ましているうちに気づきました。泣いているのです。急いでトレーラー・ハウスにもどると、巨体のビビが抱きついてきました。グ、グッ、グルル、と喉をふるわせています。幼い頃、ビビは何か恐いことがあるたび、ひしと抱きついてきました。それから木登りするように、わたしの体をするする登って肩に止まり、頭や首にしがみついてきました。でも、いまは無理です。一二七キロの巨体ですから。それでも抱きついてきたビビは、わたしの赤ん坊です。

何日か過ぎて、やっとアップルのことを指で語りあいました。ビビは黒い指をひらいて、目の前から口まで降ろしながら、嘆くように口をひらきます。《涙が流れる》《とても悲しい》という意味です。

——死ぬって、どういうことかしら?

わたしが訊ねると、ビビは太い指で答えてきます。

——眠る。

——どこで、眠るの?

——穴、深い、静か。

どうして、これが言葉ではないと言えるのでしょうか。《言語はヒトにだけ進化してきた》とチョムスキーは述べています。とても偉い人ですが、門下の言語学者たちは、わたしたちの手話を嗤《わら》います。なんて冷たい人たちでしょう。自分たちをホモ・サピエンス、賢い人と自称する自惚《うぬぼ》れを感じます。構文がなくても、ビビは、明らかに言葉を話しています。そうでしょう! その声が届かない。霧の奥で、かすかに燃えている意識の火が見えないのでしょうか。

霧の奥

　バスや旅客機に、アダムを乗せるわけにいきません。類人猿ですから。途中、モーテルにも泊まれません。いろいろ考えて、キャンピング・カーで行くしかないと判断しました。レンタカー会社にかけあって、小型バスぐらいのキャンピング・カーで出発しました。三つ折りにしたキーボードも積み込みました。

　町なかを過ぎて畑にさしかかったとき、アダムを助手席に坐らせました。お気に入りのTシャツを着せています。対向車のドライバーは、一瞬、わが目を疑うような表情になります。無理もない。漆黒の毛におおわれた猿が、真っ赤なTシャツ姿で坐っているのですから。すれちがってから、あれはきっと、大きなぬいぐるみにちがいないと思い直したことでしょうね。

　緑ゆたかな南部を過ぎて、ブルー・ハイウェイを西へひた走りました。かつては幹線道路だった旧道です。地図に青い太線で示されているので、ブルー・ハイウェイと呼ばれています。行き交う車はありません。町もない。いまは五月、荒野がいちばん美しい季節で、いちめん黄色い花が咲いています。かつて日系人収容所があった半砂漠には、浅く水が張って、青空を映しています。風がくると、さざ波がたって、雲がくずれていく。

コンクリートの旧道には亀裂が入り、草が生えています。蛇がいました。長々と寝そべっている。ブルー・ハイウェイを横断しようと身をくねらせながら、ゆっくり這い進んでいたのかも知れません。褐色で、菱形の紋様におおわれている。ガラガラ蛇です！

急ブレーキを踏みました。

でもスピードを出しすぎていました。それに、ふつうの乗用車とちがって、キャンピング・カーは急には止まれない。そのまま、ガラガラ蛇を轢《ひ》いてしまいました。通り過ぎてから、やっと止まりました。アダムも荒い息です。ガラガラ蛇を目にした瞬間、助手席でのけぞっていました。蛇が、いちばん恐いのです。オモチャの蛇をくねらすだけで逃げていきます。わたしは深呼吸してから、ドアをひらき、降りていきました。

蛇はいない。幻を見たはずはない。毒蛇は、頭を叩きつぶさないかぎり容易には死にません。アダムも車から降りてきました。わたしの後ろから、こわごわのぞいています。わたしの胴に抱きつきながら。

西へ走りつづけ、シェラネバダ山脈を越え、麓の《ビビ財団》に着きました。森林を拓《ひら》いた小さな牧場のようです。緑の牧草地に三棟のトレーラー・ハウスが建っているだけ。もともとは車で引いて移動できるはずですが、車輪は取り外されてコンクリートの台座に載っています。もう移動できません。

＊

財団と言っても、内情が苦しいことは一目で分かります。わたしたちの霊長類研究所は大学に付属しているから、経営について頭を悩ます必要はありません。でもアンナは、やっかいなトラブルを抱えて、動物園やスタンフォード大学から離れて、民間の《ビビ財団》を設立しました。アンナの著作、講演活動、篤志家たちの寄付などで、どうにか細々と維持しているのでしょう。わたしはトレーラー・ハウスへ歩いていきました。アダムはキーボードを持って従《つ》いてきます。落ち着かせるつもりで、わたしが手渡したのです。

ビビは、床に両足を投げだして、どっしり坐っていました。漆黒の毛におおわれた巨大な肉塊が息づいている。一五〇キロぐらいでしょうか。大きさはともかく、黒い顔も、黒目も、アダムとそっくりです。でも明らかに、頭蓋骨がちがう。眼窩《がんか》の上が隆起して、頭頂がさらに大きく盛りあがっている。目の印象はよく似ています。ほら、「猿の惑星」という映画がありましたよね。あの類人猿ほどの知性はありませんが、明らかに、意識の営みがある、そんな畏怖感が込みあげてきます。

巨体のビビが恐くて、アダムはしがみついてきます。天才の類人猿と持ち上げられていますが、あい変わらず臆病で、だめな子です。

ビビのそばに、ジーンズ姿のアンナがあぐらをかいて坐っています。

「だいじょうぶよ、恐がらないで」

アンナは、やさしく声をかけてきます。

ゆたかに波打つ金髪が、脱色されたように色つやを失いかけています。顔にも苦渋の影がさしています。《ビビ財団》が苦境にあるのでしょう。ハワイのカウアイ島に移転するかも知れないという噂も聞こえてきます。ゴリラも、ボノボも、わたしたちも、容赦なく老いていく。逆行できないエントロピーのように。ビビは、アダムよりも九歳年上です。中年です。いいえ、もう、おばあさんに近づいている。

アダムは三つ折りにしたキーボードをひらいて、屏風《びょうぶ》のように立てかけました。森で一休みするとき、いつもそうするのです。でも今日は、巨大なゴリラの前に防波堤をつくったのです。それでいて好奇心を抑えきれず、こわごわビビをのぞいています。

ビビは、小さなアダムを母親のように見つめながら手話を始めました。グローブのような太い指が動く。手の甲まで黒い毛が密生して、拳から先の指は、黒いなめし革のようです。掌《てのひら》は濃い灰色で、爪は黒のマニキュアを塗ったみたい。その指が動く。アンナが、ゆっくり通訳します。

――恐くない、わたし、いいゴリラ。

ゴリラは性格が複雑で、ちょっと、へそ曲りです。動物園のゴリラも、見物人に自分の糞を投げつけたりするでしょう。見物されていることを自覚して、いらだっている。はっきり自意識があるのです。

京都でひらかれた霊長類学会のついでに、東京の上野動物園を訪ねたことがあります。ゴリラ舎は完璧なガラス張りで、四方から丸見えです。身を隠すところがない。死角になる場所がない。ゴリラたちはいらだち、麻の南京袋をかぶっていました。群らがる人間たちの視線をうるさがって、頭の南京袋に手をかけ、帽子のひさしのように深々とかぶり直したりします。ゴリラはEQ、心の知能指数が高い。いいえ、EQがとても深い霊長類です。

アダムの南京袋は、キーボードです。悲しいことに、キーボードがあると落ち着くのです。人間だって、タオルとか毛布とか執着するものがありますよね。アインシュタインもそうです。パイプとバイオリンが手放せなかった。ナチスから逃れようと亡命して、ニューヨークの港に着いたときも、火の消えたパイプを右手にしっかり握りしめて、左手にはバイオリン・ケースをぶらさげていました。アダムは防波堤のキーボードすれすれに、頭をもたげ、上目づかいに、巨大なビビをちらちら見やりながら、キーを押します。

——ハロー、ミー、アダム。

ぼく、わたし、自分といった言葉を《ミー》の一語でまとめています。タッチパネルを簡略化するためです。充電されたキーボードから音声が出ます。それを、アンナが手話でビビに伝えます。ややこしい通訳です。ビビのごつい指が答えます。

——わたし、ビビ。

通訳するアンナの言葉が、アダムには分かります。わたしの出番はなさそうです。世間話でもするように、ビビはゆっくり訊いてきます。

——アダム、何、好き？
——食べもの？
——そう、食べもの。

――バナナ、リンゴ、ナッツ。
――わたし、トウモロコシ、トウフ、とても、好き。
――ミー、干しブドウ、好き。
――甘い、おいしい、わたしも、好き。
――あなた、オモチャ、何、好き？

とアダムが訊きます。キーボードに《ビビ》という単語はありません。意味と結びつく図形ばかりですから名前がなく、他者はすべて《あなた》なのです。

――緑、ワニ。

と答えてから、ビビは意外なことをしました。あぐらをかいている腹と太股《ふともも》の間から、やわらかいオモチャを、ひょいと取りだしたのです。ゴム製の暗緑色の恐竜です。ビデオで見たビビは、そこに子猫を挟んでいました。ゴリラは子育てするときも、赤ん坊をそこに隠すのです。
アダムは手品を見たように、あっけにとられています。ビビは笑みを浮かべている。いたずらがうまくいって、してやったりとほくそ笑んでいるようです。ボノボもよく冗談を言います。その場しのぎの嘘もつきます。衝立《ついたて》に隠れるように身をかがめながら、アダムはキーを押します。

——猫、いない、どこ？

——死んだ。

——………。

アダムは頭がいいけれど、死というものを理解しているとは思えない。わたしのせいかもしれません。《リーキー三人娘》には及ばないけれど、わたしも、ある種の闘士でした。類人猿の言語能力を証明しようと、学問的な緻密さや、再現性を追求してきましたが、《愛や死》といった大切なことを軽んじてきました。だからわたしと同じように、アダムも心が浅い。

——それ、何？

おそらくビビは《穴、深い、静か、眠る》といったふうに答えてくるだろうと予想していました。アンナの著書にそう記されていましたから。ところがビビは、異様な声を洩らしてきました。喉が爆《は》ぜるような炸裂音です。びっくりしていると、

「銃声です」とアンナが代弁します。

ビビはカメルーンから売られてきたそうです。手話や言葉を教えるのには、もう遅すぎると言わ

れていた。あと三年もすると、六歳になり、もう手に負えない怪物になる。可愛いライオンの赤ちゃんが、恐ろしい肉食獣になるように。アンナはそれを承知で《ビビ計画》を始めたそうです。でもビビは賢いゴリラで、一〇〇〇語以上の言葉を覚えたそうです。凄いことです。人間にそれだけのボキャブラリーがあれば、まあ、日常生活には困らないでしょうね。アダムが使うキーボードの三倍強の語彙数です。ビビのごつい指が動き、ふたたびアンナが通訳します。

——撃つ、ゴリラ、殺す。

——…………。

——ゴリラ、つぶす、赤くする。ゴリラ、食べる。

密猟者に父母が殺され、食べられた記憶のようです。まさかと思いながらアンナを見ると、そうなの、と目で答えてきます。漆黒の巨大なゴリラはうなだれています。

——ビビ、庭に出ようか。

とアンナが誘います。トレーラー・ハウスには別のドアがあって裏庭へ通じています。ビビは自分でロックをひねり、軽金属のドアを開けます。風が流れてきます。五月のさわやかな午後です。裏庭は大きな金網に囲まれています。テニスコートぐらいの広さでしょうか。隣りのトレーラー・

ハウスも金網のなかです。

――ハヌマーンも呼ぶ？

アンナが手話で訊きます。ハヌマーンはインドの猿神の名ですが、オスのゴリラです。絶滅寸前のゴリラを増やそうと、アンナは懸命に配偶者を捜したそうです。相当、お金もかかったはず。ゴリラは、とても高価ですから。でも、ビビは妊娠することなく、今日に至っています。ハヌマーンは年下のゴリラです。それに動物園で生まれたせいか、ハヌマーンは性欲が淡い。ふたりは仲がいいけれど交尾しない。セックスレスのカップルなのです。

――ノー、呼ぶ、やめる。

――どうして？

――あれ、バカ、乱暴。

倦怠期の夫婦のように、ビビはひどく冷淡です。ハヌマーンは手話ができない。ごく平凡なゴリラなのです。巨大なゴリラが二頭も出てくると、アダムが恐がるだろうと気づかっているようです。ゴリラはへそ曲りですが、平和的です。動物園の手すりから落ちてきた子供を助けたりします。

日が降りそそぐ草むらに、ビビはあぐらをかいて坐っています。股にゴム製の恐竜を挟み、肩にオモチャの猫がのっています。アップルが死んでから、ビビはずっと持ち歩いているそうです。死んでミイラ化した、わが子を手放さない母猿のように。オモチャの子猫には、尻尾がありません。アンナが切り取ってしまったのでしょうか。ゴリラにも尻尾がない。チンパンジーにも、ボノボにも、オランウータンにもない。ヒトにも尻尾がありません。

オモチャの子猫に、アダムは興味しんしんです。手を伸ばしかけて、ひっこめ、また伸ばします。ビビは黒い巨体を反らして、うふ、うふふ、と笑います。ゴリラも笑うのです。もちろん、アダムも笑いますよ。

ビビがゆっくり、黒い指で訊いてきます。

――ファミリー、いる？

通訳するアンナの声に、痛切な響きがこもってきます。

――妹、いる。

アダムはキーボードから手を離して、う、うっ、と発語しようと試みます。《ウァ》と言おうとしているのです。《Ua》はスワヒリ語で、《花》のことです。アダムの異父妹の名前です。わたしが名づけました。わたしたちは希少種のボノボを増やそうと、近親の血が混じらないよう細心の注意を払いながら、人工授精をつづけています。野性環境を失った類人猿のオスは、性欲が薄く、淡泊です。日本には《草食男子》という言葉があるそうですが、似ていますね。だから精液を採取して、人工授精をするのです。アダムも、そうやって生まれました。《ウア》もそうです。交尾もしていないから、母のボノボはなぜ妊娠したのか分からない。自分が産み落とした黒い塊りを見て、「ギャッ」と逃げだしたりします。へその緒や、胎盤をひきずりながら。育児もしません。

——あなた、夢、見る？

アダムが、キーボードで訊きます。EQの深みはないけれど、アダムはいつも夢にこだわります。朝、挨拶もそこそこに、昨夜どんな夢を見たか語りだすことも、しょっちゅうです。ビビが、黒い指で答えてきます。

——見る、昨日も。
——夢、何？
——夜、歯、抜ける。

ビビの答は不可解です。アダムは、もっと詳しく訊きたがり、キーが足りないと、いらだっています。図形と言葉を結びつけるキーボードには、どうしても制約があります。いまでさえ、三つ折りにしています。単語を増やすと、もっと大きくなる。わたしの計画は、初めからミスを犯していたのかも知れません。キーボードではなく、手話だったら、アダムの能力の限界まで語彙を増やしていけますから。けれど、学問的な再現性がぼやけてしまう。

——歯、抜ける？

——かなしい、哀れ。

——………。

ふっと、ビビの目が泳ぎます。まわりの金網《ケージ》は、閉塞感を与えないように隙間がゆったりしています。拳が通るぐらいです。だが、怪力のゴリラでも破れない太さです。逃げることはできない。いいえ、逃げるどころか、ビビもやはり外界が恐いようです。アンナが母親の代わりで、このトレーラー・ハウスが生家も同然なのです。

鳥がやってきました。金網の隙間から首を突っ込み、あたりを見回してから、するりと入ってきます。ブルージェイ、青カケスです。黒いカラスを少し小さくして、サンゴ礁の海に浸けて染め変えたような青い鳥です。セルリアン・ブルーの美しい鳥ですが、ふてぶてしく、人を恐がらない。

草むらに坐るゴリラや、ボノボや、わたしたちを小馬鹿にするように、飛び回ります。

ビビが手を伸ばしてきました。母親が毛づくろいするように、そっとアダムの毛にさわり、すぐひっこめます。アダムは身を硬くします。でも、もっとさわって欲しいという気配です。ゴム製の恐竜へ手を伸ばし、ビビの太股にさわります。そこに潜り込みたいような気配です。

＊

帰路、キャンピング・カーで荒野を走りながら、納得したのか、がっかりしたのか、わたしは自問していました。アダムも助手席で黙っています。キーボードをたたんで膝に抱えているので、話せないのです。

やがて高地の半砂漠にさしかかりました。ここらは六億年ぐらい前、浅い海におおわれ、海が退《ひ》いたり、戻ったりしていた洪積平原です。いまは荒野で、いちめん紫のルピンの花が咲き乱れています。

アダムが黒い手で、ダッシュボードを叩きます。止めて、車を止めてという合図です。ブレーキを踏むと、勝手にドアを開けて飛び出していきます。前かがみになって、地に拳《こぶし》をつきながら走っていく。ナックル・ウォーク、類人猿が歩行する姿勢です。

――アダム！

呼びかける、びくっと立ち止まる。動かない。勢いよく飛び出していったのに、なぜか金縛りになっています。人工授精で生まれてきたアダムは真昼の戸外で、はしゃいだり、怯《おび》えたりするのです。わたしが近づくと、そっと抱きついてきます。それから足もとの花をむしって口に入れました。

林檎の逃亡

ごめん、申し訳ありません。ぼくのせいです。作業所に鍵を置き忘れてしまった。チンパンジーを中庭から連れもどすとき、林檎《りんご》が、それを見つけて、なに食わぬ顔で小脇に隠したまま、自分の檻《ケージ》に入ってしまった。同僚の助手は、林檎の檻にも施錠しました。それから後の椿事は、みなさん、ご存じだろうと思います。でも、若い人たちには初耳でしょうから、《林檎》の逃亡を描出してみます。ほら、テレビでよくやる再現シーンというやつです。

雪が降りしきる冬、露天の温泉に浸かる猿たちがいるでしょう。頭に雪をかぶり、顔を真っ赤にしながら温泉に身を沈めている。そう、長野県の地獄谷です。《スノー・モンキー》と呼ばれて、海外から見物にやってくる人もたくさんいます。あの《スノー・モンキー》と同じくらい、林檎の事件は世間に知られています。《天才のサル》と呼ばれて、有名になりました。ほんとはサルじゃなくて、類人猿ですけどね。

「いや、林檎だけが天才じゃない」

M先生は、いつも言われます。特別視してはいけない、チンパンジーの能力の平均値だというのです。

この霊長類研究所には、チンパンジーが何十頭もいます。一頭、二頭と数えてはいけない。一匹、二匹なんて、もってのほか。M先生はかならず、一人、二人、と数えられます。ゴリラも、チンパンジーも、オランウータンも、類人猿は同じ《ヒト科》ですから。ヒト科四属。何百万年か前、わたしらはまったく同じ姿かたちの生物だったのです。同じヒト科である以上、一人、二人でなければなりません。

ちなみに、この霊長類研究所では、所長のM教授も、准教授も、助手も、院生も、学部生も、賄《まかな》いのおばさんも、みんな「さん」づけで呼ぶことになっています。それが習わしです。あっ、ぼくはいま所長から賄いのおばさんまで、つい、社会的な序列通りに述べてしまった。無意識に。でも、ヒエラルキーを顕在化させたくない。ボスを頂点にしたチンパンジーやサルの社会構造に、うんざりしていますから。

本来ならば「Mさん」と呼ぶべきでしょうが、ぼくにとっては、やはり恩師、M先生です。先生の著書を読んで、この大学を目ざし、必死に勉強してきたのです。ここには錚々《そうそう》たる先達がいて、世界のサル学をリードしてきました。宮崎県・幸島のサルが浜辺でイモ洗いを始め、それが島外のサル社会へ伝播《でんぱ》していった現象を報告したのも、先輩たちです。

アフリカの森に隠《こも》り、野生のゴリラやチンパンジーを観察して、《サルの子殺し》という衝撃的な事実を明らかにしたのも、先輩のK先生です。霊長類にひそむ恐ろしい闇を暴いた。わたしたちは同種・同胞を殺しあう生きものです。

M先生のもと、ぼくたちは《アップル計画》のチームを組んできました。チンパンジーの知性や言語能力を研究しながら、類人猿に宿る、かすかな知性、意識の火を追いかけています。その研究対象が、林檎です。

「いいかい、特別視してはいけないよ」

M先生は、いつも強調されます。

けれど毎日、林檎の世話をしていると、非凡なものを感じることがよくあります。

この研究所には広い庭があり、高さ一五メートルのジャングルジムが聳《そび》えています。木材を複雑に組みあわせた、空中の迷宮です。チンパンジーたちが、枝から枝へ飛び移っていく森を擬《ぎ》しているのです。みんなここで遊ぶのが大好きです。ところが林檎は、群れから離れて、孤立した柱のてっぺんにぽつんと腰かけながら夕焼けを眺めています。ロダンの「考える人」のように。夏の夕方、遥か高みに聳える積乱雲をぼうっと仰いでいることもあります。やはり、どこかしら非凡です。

そのチンパンジーは、赤ん坊の頃、売られてきました。日本がワシントン条約を批准する前のことです。檻の中で、幼いチンパンジーは日本の寒さにふるえていました。M先生が赤く熟れた信州林檎を差しだすと、恐るおそる受け取り、匂いを嗅ぎ、それから芯まで一気にむさぼり食った。アフリカには林檎など、ないはずですが。

先生がやってくるたびに、幼いチンパンジーは手で丸いかたちをつくり、林檎をねだってきます。M先生は迷わず《林檎》と名づけました。

林檎の逃亡は、痛快な椿事として、メディアでかなり騒がれました。もう三十年ぐらい前のことですが、ざっと、かいつまんでお話しします。

林檎は小脇に隠し持っていた鍵、マスター・キーで、自分の檻をひらきました。実験をするとき、助手も檻に入って内側から施錠できる仕組みになっています。林檎は、その手の動きを覚えていたのでしょう。なんなく鍵を開けて、檻から出ていきました。

ナックル・ウォークといって、拳を地につきながら半直立の前傾姿勢で歩いていくのです。そして途中で、マスター・キーを使って《アキラ》の檻をひらきました。扉が開くなり、《アキラ》は廊下を走り、まっしぐらに逃げていきました。

林檎は鍵を手に、ぶらぶら所内を歩き、オランウータン《ラジャー》の檻も開けました。特別、親しい仲じゃありません。種がちがいますから別々に育てられている。オランウータンは系統樹で、いち早く枝分かれしたそうです。ボルネオ島の森でも、オランウータンは孤独です。同じ類人猿ですが、ゴリラやチンパンジーとはまったく生態がちがう。群れをつくらず、テリトリーを流動的に保ちながら、熱帯雨林の樹冠のあたりで単独生活をしている。ドリアンなど、果実を好み、肉食はしない。生殖の季節だけ、森がざわめいてきます。樹上の性愛です。でも、ふだんは独り静かに暮らしている。めったに地上に降りてこない。

《ラジャー》も、赤ちゃんの頃、密猟され、転売され、ようやく、この研究所に落ち着いたそうです。お嫁さんを探しているのですが、ワシントン条約で、野生動物の売買が禁じられて、なかなか配偶者が見つけられない。だから《ラジャー》は、いまも独身、ひとりぼっちです。

才気煥発《かんぱつ》なチンパンジーとちがって、オランウータンは常に静かです。ボルネオ島の人たちは《森のヒト》と呼んでいます。ぼくも《ラジャー》の世話をしながら不思議な気持ちになります。オランウータンのぬいぐるみに、実は人が隠れていて、じっと見つめてくるような気がするのです。一瞬、こちらは宙吊りになる。なにかしらメタフィジックな時空に、宙ぶらりんになってしまうのです。だからオランウータンは《森の哲学者》とも呼ばれるのでしょうか。

林檎が、なぜオランウータンの檻をひらいたのか不可解です。この事件をもっと面白くしてやれと、いたずらを思いついたのかも知れません。愉快犯のように。檻から出た《ラジャー》は、霊長類研究所の廊下を、ゆっくり、ゆっくり、戸口へ歩いていきます。樹上で暮らし、めったに地上に降りてこないから、チンパンジーほど巧く歩けない。

ぼくたち助手は、《アキラ》を追いかけました。正面入口から、戸外へ逃げていったようです。《アキラ》は、林檎の夫にふさわしいと思って檻を一緒にしたり、いろいろ工夫していたのですが、どうも巧くいかない。人工的な環境で生まれ育ったせいか、積極的にメスに迫ろうとしません。性交しようとしない。セックスが苦手というか、淡泊なのです。そこで、《アキラ》の精液を採取して、林檎へ人工授精しようかと検討している矢先に、この椿事が起こったのです。

《アキラ》は成長したオスのチンパンジーです。成獣です。人の何倍も腕力がある。暴れだしたら大事《おおごと》になる。ぼくたちは研究所にひき返して、麻酔銃を手に、ふたたび追いかけました。こういう事態になったら、こうすべしというマニュアルに従ったのです。研究所はゆるやかな丘の上にあります。麓は、なんの変哲もない地方都市の住宅地です。もしも屋根の上に逃げられたら、麻酔銃を命中させられるか自信がありません。町の人たちが不安そうにかたまり合って、

「あそこ、あそこ！」

と指さします。《アキラ》は赤い自動販売機を見上げています。コーラにするか、ジュースにするか迷っているみたいです。ぼくは麻酔銃で背中を撃ち、昏睡した《アキラ》を担架で運んできました。

その頃、研究所がどんな騒ぎになっていたか目撃しておりません。ぼくが原因をつくったのですから、ひどく動転していました。だから同僚から聞いた話や、M先生の著書「チンパンジーの心」をもとに、事件のあらましを再現します。

オランウータンの檻を開けてから、林檎はぶらぶら調理場へ歩いていったそうです。そこには大型冷蔵庫がならんでいる。おいしい食べものが、ぎっしり入っている。でも林檎はまず、粉石鹸《せっけん》の入った容器を抱えて、ステンレスの流しへ行ったそうです。粉石鹸をぶちまけ、水道の蛇口をひねり、流しを泡だらけにしてしばらく遊んでいた。泡は溢れ、床に流れていった。それから林檎は、おもむろに冷蔵庫を開いて、バナナの房を取りだし、自分の檻とは別の棟へ歩いていった。所員に見つかり、

「おや、林檎ちゃん、何してるの？」

声をかけられると、すたすた調理場へひき返していきます。

その途中、連絡を受けて駆けつけてきたM先生と、ばったり出くわしたのです。

「こら、林檎！」

先生は、強く呼びかけました。すると林檎は、ごめんなさいと謝るように、黄色く熟れたバナナの房をまるごと先生に差しだしてきたそうです。先生は、房から一本だけもぎ取って、林檎に返しました。落ち着かせようとしたのです。すると林檎は、すべて許されたと思ったらしく、バナナの房を抱えながら、悠々と歩み去っていったそうです。

そんな騒ぎをよそに、オランウータンの《ラジャー》は、研究所の入口にぽつんと立っていました。ドアは開いている。だが出ていこうとしない。乾パンを食べ、風邪薬のシロップを飲みながら佇《たたず》んでいたそうです。そんなもの、どこで手に入れたのか分かりませんが。

オランウータンは、ぼうっと戸外を眺めています。M先生もあえて声をかけない。《森の哲学者》と呼ばれる通り、しんと静かです。ふさふさの赤毛が、夕日を浴びて燃えています。ドリアンの実を食べ、森の樹冠を揺らしながら交尾するさまも浮かんでくる。西空が、あかね色に染まってきます。オランウータンは両手の拳を床に押しつけ、やや前かがみの姿勢で、沈む夕日を眺めながら黙って考え込んでいる。

虎よ、虎よ！

そいつは満州やシベリアの原野を走る、巨大なアムール虎だ。しかも白変種で、ふさふさの毛なみは雪に染まったように真っ白だった。ただ虎柄の縞模様だけ、淡い灰色だ。いちばん驚かされるのは、そいつの眼だ。ふつう、虎の眼は金褐色だろう。だが、そいつは緑色なんだよ。緑の宝石、エメラルドの原石がひんやり嵌《は》め込まれているようだ。それでいて爆発的な生命エネルギーが光源になって、緑の眼をらんらんと輝かせていた。日陰に入ると、翡翠《ひすい》色になる。狂気が宿っていた。異形の虎は檻のなかを回りつづける。拘禁反応だろうか。狂った時計のように、ひたすら逆回りしながら、いきなり放尿する。虎の尿は、かならず後方へ噴射される。アンモニア臭い霧がたち込めてくる。その霧のなか、緑の眼の白虎は一瞬も休まず、ぐるぐる回りつづける。

*

ハルビンや長春で暮らす日本人は、敗戦後、すばやく引揚げていった。大都会だから情報が速かった。駅もあった。だが内奥部で暮らす《満蒙開拓団》は逃げ遅れた。無理もない。日本の寒村から移民として、なかば棄民として満州へ送り込まれ、寒い荒野を開墾していたんだからな。新聞もない。原子爆弾が投下されたことも、ろくに知らなかった。情報源は、噂と、雑音だらけのラジオしかなかった。鉱石ラジオに毛が生えたような代物だった。玉音放送も耳にできなかった。それでも日本が戦争に負けたことは、じわじわと伝わってくる。満州国は滅びるだろう。《満蒙開拓団》も、ついに家や農地を捨て、鉄道の駅がある都会をめざし移動していった。満州で暮らす日本人は一九五万人。民族大移動が起こったのだ。

その混乱のさ中に、ある少女の手が、母の手から離れた。一瞬の出来事だった。少女は人波に押し流されて、母を見失った。

「お母さん、お母さーん！」

少女はひとり、満州に取り残された。

中国人の農家に引き取られて《劉桃李》と名づけられた。しだいに日本語も忘れていく。それでも《さいとう美里》という本名だけは決して忘れまいとしてきた。養父母の家の裏庭で、木切れを手に《さいとう美里》《さいとう美里》と地面に書きつづけた。《齋藤》という名字はむずかしくて書けないけれど《美里》は書ける。美しいふる里……。

地平線に沈んでいく夕陽を眺めながら、ゆうやーけ、こやけーの、あかとんぼー、と歌っていた。

日本の歌を忘れないために。初潮がきて、養父母の甥と結婚させられた。恋をしたわけでもない。愛をささやかれたわけでもない。

その少女が、おれの母親だよ。まぐわいのあと、糞のようにおれがひり出されてきた。日本人の血が混じるおれは、いつも村の悪童たちに狙《ねら》われていた。日本人への憎しみは底知れない。あいつらは中国の女を犯しまくり、殺しつづけてきた。ハルビンの七三一部隊は、中国人を《丸太》と呼んで生体解剖した。荒涼とした原野にガラス張りの密室をこしらえ、毒ガスの実験をした。中国人が痙攣《けいれん》しながら息絶えていくさまを、つぶさに観察した。毒ガス弾、生物兵器も使いやがった。まさに《東洋鬼《トンヤンクイ》》だ。

その復讐が、混血のおれに向けられてくる。村はずれの道で、ぐるりと取り囲まれ、

「小日本人《シャオリーベン》！」

と殴られ、蹴られ、髪をつかまれ、路上の牛糞にぐしゃりと顔を押しつけられた。臭い。臭いけれど、どこかしら温かい麦わらや青草の匂いがした。

「日本鬼子《リーベングイズ》！」

と犬の糞を口に押し込まれたこともあった。

《中国残留孤児》調査団がやってきた。母は《さいとう美里》と書くことができた。ゆうやーけ、

こやけーの、あかとんぼー、と歌うこともできた。まちがいない、残留孤児だと認定されて、帰国できることになった。だが家族がいる。家族がひき裂かれる。母は帰るべきかどうか迷いつづけていた。ところが意外なことに、中国人の夫のほうが積極的になった。同伴家族として一緒に行ける。帰国費用や支度金も出る。その頃、まだ中国は貧しく、日本は豊かな黄金の国、ジパングだった。残留孤児の家族は、日本で生活保護も受けられるそうだ。

「日本へ行こう」

と父は熱心に言いつのった。

むろん、おれだって異存はない。牛糞や犬の糞など、もうごめんだからな。

ハルビン空港から、ぐるりと地平線が見えた。生まれ育った村のほうへ、夕陽が沈んでいく。おれたちは延々と待たされた。《残留孤児》の一団を迎えにくる全日空の特別機に、なにか不具合があったらしい。おれたちは食券を与えられて、空港の大食堂へ案内された。円いテーブルの真ん中に、琺瑯《ほうろう》びきの洗面器があり、白飯が山盛りになっていた。おかずは青椒肉絲《チンジャオロースー》だ。おれたちは黙々と食った。洗面器が空になると、夕陽の色の金魚が泳いでいた。

*

おれたちは埼玉県所沢の《中国帰国孤児定着促進センター》に収容された。残留孤児と、付随してきた家族は、およそ三万人。母の故郷の《齋藤家》は、おれたちを受け入れてくれなかった。まあ、無理もないよな。実の娘だけならともかく、まったく日本語を話せない中国人の夫や、子どもたちまで転げ込まれてはたまらない。だが実を言うと、おれはかなり日本語ができた。中国東北地方の学校では、なぜか日本語の授業があるからだ。

おれたちは所沢から、江戸川区葛西の《残留孤児収容センター・常盤寮》に移された。父は、だらけてきた。怠惰になった。日本語ができないから仕事が見つからない。肉体労働に就いても、まわりから邪険にされてすぐ辞めてしまう。毎日、紙パックの麦焼酎を飲んでいる。母はじくじく泣いてばかりだ。

おれは葛西地区の中学に編入された。《中国残留孤児》二世、三世たちのため、特別学級があったからだ。そして二年後、高校生になった。おれはそこそこ勉強ができた。語学的なハンディがない数学は、いつもトップだった。

数学だけは普遍的だ。ああ、世界がこの数学のようだったら、と何度思ったことか。日本語も必死に学んだ。《小日本人《シャオリーベン》》ではなく、おれは日本人そのものになり切ろうとした。だが遅すぎたよ。舌が、喉が、中国語をひきずっている。どうしても、日本語が母語にはなりえない。

「チャイナ、チャイナ」

と陰口が聞こえてくる。日本人の間でもいじめがひどく、自殺する生徒があとを絶たない頃だった。まして日本語が怪しいおれは標的にされた。学校の上履《ば》きに「チャイナ、帰れ」とマジックインキで落書きされる。

中国では《小日本人《シャオリーベン》》、《日本鬼子《リーベングイズ》》と呼ばれ、ここでは「チャイナ、帰れ」と除《の》け者にされる。おれは中国人でもない。日本人でもない。それでも日本に永住したかった。あのまま中国に居つづけると、おれは人殺しになりかねなかった。路上の牛糞に顔を押しつけられた日から、おれは刃物のことばかり空想していた。あいつらの腹を刺し、柄を回して内臓をえぐる。中華包丁で頸動脈をたたっ切る。臆病だから実行には至らないが、空想は日々、濃密になっていくばかりだった。

葛西の高校へ進んでから、バイク・ショップでアルバイトを始めた。子どもの頃、おれは農家を継ぐのがいやだった。自転車屋に憧れていた。店頭にならんでいる新品の自転車ほど、わくわくするものはなかった。日本にやってきて、まっさきに魅惑されたのはバイク・ショップだった。凄まじい速力、起爆力を秘めたマシンがずらりと店頭にならび、磨きあげた兇器のように光っている。

おれは拝むように頼み込んで、その店で働かせてもらうことになった。バイクに乗りたかった。日本国籍を取得したけれど、一般の会社には就職できないだろう。おれの半端な学歴、語学力では、大学へ進むことも叶わない。おれたち残留孤児の二世たちは、手に職を持つしかない。おれは懸命に、バイクについて学んだ。いつか自分もバイク・ショップをやりたいと夢見ながら。

店には、同朋たちがよく出入りしていた。《残留孤児収容センター・常盤寮》が近いから。ここは新しい人生へ踏みだした二世たちの、第二の故郷なのだ。みんな中国語を話していた。ときどき日本語がまじる。かれらと話すのは楽しかった。学校では用心深く、頭のなかで日本語の文章を組み立ててから口をひらいていた。ひどく疲れる。だが中国語を喋るときは、想起したこと、思ったことを、そのまま言葉にできる。たまらない快感だった。

二世グループの首領は、彪《ビヤオ》という青年だった。ある日、かれはバイクの整備を頼んできた。がっしりとした熊のような青年だった。無口だが、胆力があり、ごく自然にリーダーになっていったようだ。日本国籍を得ているはずだが、決して日本名は名乗らない。かれの愛車は《カワサキZ400FX》だった。車体のタンクには、虎の縞模様が描かれていた。

彪《ビヤオ》という字は、虎と、光りの組み合わせらしい。左は虎で、右上からくる《彡》が、射してくる光りを表している。おれは懸命に整備したバイクを、彪《ビヤオ》に差しだしながら、

「これは何ですか?」と中国語で訊いた。

虎の縞模様のタンクにステッカーが貼りつけられていた。ほら、神社仏閣の柱や梁《はり》に、独特の書体の小さなステッカーが貼られているだろう。あれにそっくりだった。漢字で《怒羅権》と記されている。

「おれたちのグループ名だ」

「…………」

「ドラゴンと読む」

彪《ビヤオ》は、ひっそり苦笑いした。

そのニュアンスが、おれにはよく分かったよ。《怒羅権》は、中国語の発音では《ドラゴン》とは読めない。明らかに日本語だ。

東京にやってきたばかりのころ、ガード下の壁にスプレーで落書きされた《夜露死苦》という漢字を見たとき、さっぱり意味不明で、どう読むのか首をかしげていた。《怒羅権》も、あの《夜露死苦》と同じようなものらしい。

だが龍《ドラゴン》は、中国のシンボルである。それを日本語の文脈で読む。日中混血の二世にふさわしいセンスではないか。ひっそり苦笑いする彪《ビヤオ》に、おれは隠された知性のようなものを感じた。

《怒羅権》は暴走族であった。おれは秘《ひそ》かに《カワサキZ400FX》に試乗した。乗りたくてたまらなかったのだ。そんなある日、なつかしい常盤寮の前でバイクを止めて休憩した。ひょろりと欅《けやき》の木が生えている。木陰で一服しているとき、ぶらりと彪《ビヤオ》がやってきて、

「おれのバイクじゃないか」

と不審げに言った。

「試乗しないと、完璧に整備できませんから」

おれは震えながら答えた。

「あ、そうか」

彪《ビヤオ》は、にっこり笑った。人の心をとろけさせる兄貴の笑顔だった。

欅の木陰で、満州の思い出を語りあった。おれは初めて、牛糞に顔を押しつけられたこと、犬の糞を口に押し込められた屈辱を話した。彪《ビヤオ》はうっすらと涙を浮かべ、歯がみしながら拳を握り震わせていた。だが声は冷めきっていた。

「おれたちは、間でしか生きられない。いわゆるインターというやつだ。インターナショナルの、インター。分かるか。おれたち残留孤児の二世、三世は、間でしか生きられない」

「そこにしか隙間がないから……」

「そうだ。お前も怒羅権に入れよ」

実の兄のように誘ってきた。

「でも、おれバイクを持ってない」

父はアルコール浸りで、生活保護を受けている。母はじくじく泣いてばかりいる。はんとうに金がなかったのだ。

十日ほど過ぎて、バイク・ショップにふらりと彪《ビヤオ》がやってきた。汚いものでもつまみ出すように、ポケットから札束をつかみ出して、光り輝くカワサキZ４００FXを買い取り、

「お前のものだ」

とキーを握らせてきた。

彪《ビャオ》が率いる《怒羅権》は、ぐんぐん膨張していった。中国残留孤児の二世たちは日本語がおぼつかないから、まず大学へ進めない。まともな会社にも入れない。「チャイナ、チャイナ」と差別される。《怒羅権》には憤怒があった。だから強い。次々に支部が結成されていく。赤羽怒羅権、王子怒羅権、府中怒羅権、横浜怒羅権などが生まれ、やがて関東全域を席巻する勢いになった。そこらのやわな暴走族とは、性根がちがう。怒りの深さがちがう。おれたちは捨身だった。日本人の不良少年たちも《怒羅権》に憧れ、次々に入ってきた。各支部まで合わせると、千人を超える勢力になった。

おれたちは百台以上のバイクを連ね、荒川に架かる清砂大橋を渡り、夜の都心へ突き進んでいく。黒い吹雪のように。先頭を走るのは彪《ビャオ》だ。おれが整備したバイクで突き進んでいく。おれたちは刃物を隠し持っていた。サバイバルナイフや鉄パイプで武装していた。《包丁軍団》とも呼ばれていた。どこぞの社長さんが乗っている黒の高級車を、追い越しながら鉄パイプでボコボコにする。派手なポルシェなど決して見逃さない。おれたちの列に割り込んできたヤクザのベンツを、路地の奥へ追いつめ、鉄パイプの雨を降らせる。窓ガラスを叩き割り、ボンネットを叩きつぶす。こちらは群れだから、ヤクザなど少しも恐くない。

夜ごとの祭りだった。だが祭りは、いつか終わる。女ができる。妊娠する。所帯をもつ。ガキが生まれ、ギャーギャー泣きわめく。ミルク代や、日々のメシの種が必要になる。おれたちはバイクのように高速で年をとっていく。二十歳を超えただけで、もう、がっくり老け込んだような気がしてくる。

《怒羅権》は暴走族から、愚連隊へ、やがて準暴力団へ変質していった。ヤクザと競りあいながら、まず上野と、錦糸町を押さえた。偽造テレフォンカードや、パチンコ店の裏ロムなどを売りさばいた。覚醒剤、売春もメシの種になった。統率しているのは、彪《ビャオ》だ。かれはバイクから降りて、新宿歌舞伎町へ踏み込んでいった。

歌舞伎町は六〇〇メートル四方にすぎない。あの白い虎が狂ったようにぐるぐる回りつづけていた檻のようなものだ。異界であり、金がうなっている。甘い蜜の街だ。ここに食らいついて生き延びるしかないと、おれたちは肚《はら》をくくった。

残留孤児の二世、三世たちは、年かさのほうからバイクを降りて、歌舞伎町に集まってくる。隙間は、ここにしかない。おれもバイクを休眠させて、この街を乗っ取ってやろうと思っていた。当然、日本のヤクザと衝突する。あいつらは生活の資を得るため、日々食っていくための営為を《シノギ》と言っている。まったくその通りだ。だれもが生き延び、この世を凌《しの》いでいくしかない。

その頃の歌舞伎町は、台湾マフィアの流氓《リウマン》たちが牛耳っていた。むろん、日本のヤクザもひしめいている。風俗店、ソープランドから、みかじめ料を取る。それが、あいつらの《シノギ》だった。何十という暴力団が、六〇〇メートル四方に事務所をかまえていた。風俗ビル、雑居ビルは、各階ごとに縄張りが細分化され、危ういバランスを保っていた。北京マフィア、上海マフィア、福建マフィアもいる。《怒羅権》はそこへ割り込んでいった。抗争がつづくうちに、しだいに流氓《リウマン》たちが少なくなった。台湾が豊かになり、女たちが帰国していく。すると寄生する連中も、母国へもどっていったわけだ。

彪《ビャオ》は、ぐいぐいのし上がった。頭もいい。《怒羅権》が結成される少し前から、日中友好のため（実は労働力を補うため）、中国から留学生十万人を受け入れる計画がスタートしていた。その選抜試験で、日本語を学んできた旧満州（中国東北部）の学生たちが圧倒的に有利だった。

すでに滅びた幻の満州、黒龍江省、吉林省、遼寧省から、ぞくぞく人が流れ込んでくる。女たちは日本語学校に籍を置きながら、夜、歌舞伎町でホステスになる。男どもが食らいついていく。朝鮮族も加わってきた。半島から移住して、満州に住みついていた民族だ。差別されつづけてきたから、結束が固い。口も固い。おれたち残留孤児二世よりも、さらに捨身だった。失うものなど何もない。彪《ビャオ》は、かれらを取り込んでいった。二つの河が交わるように《怒羅権》と合流させ、やがて《東北グループ》《東北マフィア》と呼ばれる勢力をつくりあげた。

先にやってきた華人、華僑たちがキャバレーや、料理店、ラブホテルなどを経営して財を成している一方、新しくやってきた中国系は貧しかった。六畳一間のアパートの台所で、弁当をつくり、ホステスたちに宅配しながら食いつないでいた。その弁当の利権さえ、抗争の火種になった。北京マフィアと上海マフィアの争いに、福建マフィアが絡んできた。中華料理店の主人、従業員らが惨殺された。《青龍刀事件》と呼ばれるようになったが、実際の兇器は刺身包丁やサバイバルナイフだった。

おれたちには優位な点が一つあった。北京マフィアも、上海マフィアも、滞日ヴィザが怪しい。蛇頭《じやとう》に手びきされてきた福建マフィアは密入国者だらけだ。逮捕されると、本国へ強制送還される。抗争が激しくなるにつれて、数が減り、弱体化していく。ところが《東北マフィア》の中核である《怒羅権》は、残留孤児の二世、三世だから、すでに日本国籍を取得している。国外追放も、強制送還もありえない。

彪《ビヤオ》も逮捕された。覚醒剤所持という名目だった。刑期は一年。《東北マフィア》を弱体化させるのが狙いだったのだろう。驚いたよ。かれが覚醒剤を常用していることなど知らなかった。《東北マフィア》は窮地に陥ったが、結束力がちがう。

かれが府中刑務所から出所してくるとき、《怒羅権》は一〇〇台ぐらいバイクを連ねて、総長を迎えた。かつての愛車、カワサキZ400FXも準備されていた。後ろのシートには愛人が乗っている。彪《ビャオ》は、部下たちの子どもっぽい思い入れにつき合うように苦笑いしながら、ゆっくりバイクにまたがり走りだした。

次の日、おれは《三日月》という居酒屋に呼びだされた。歌舞伎町の奥まったところに、ブーメランの形に曲った横丁がある。ごみごみした狭い路地だ。小汚いバーや居酒屋がひしめいている。《三日月》も、カウンターだけの小さな店だ。白髪頭の親父は日本人だが、ハルビンからの引揚げ者で中国語を話すことができる。

彪《ビャオ》はその店と親父が好きで、ひそかに通っていた。表通りのクラブや料理店にいるときは《東北マフィア》の首領然とふるまっているが、その居酒屋では成り上がりの若造にすぎなかった。中華鍋からたちのぼる炎を懐かしそうに眺めながら、彪《ビャオ》はあれを食え、これを食えと、おれにすすめてくる。

「この店はラードを使っている」

豚の脂だからな、ほら、青菜も空心菜もつやつや光ってるだろう。いちばん旨いのは満州餃子だ。たっぷり韮《にら》が入っているぞ。

「な、旨いだろう」

と言うだけで、自分は箸をつけず、無色透明の高粱酒《コーリヤン》をすするばかりだった。

「お前、白い虎を見たことがあると言ってたな」

「…………」黙ってうなずくと、

「おれもガキの頃、アムール虎を見たことがある」

黒龍江省の、ずっと北のほうだ。親の親たちが満蒙開拓団だったからな。

虎は、雪の林をゆっくりよぎっていく。恐ろしく巨大な虎だ。空は陰気な曇天だが、そのアムール虎だけ夕陽に染まっていた。

「おれは、その虎に食われたいと思った」

「…………」

「食われて、虎の血肉になって、虎そのものになりたかった」

おかしいよな、と彪《ビヤオ》は苦笑した。雪原を走るアムール虎が、ふっと立ち止まるように。


狭い横丁を抜けていくと、風林会館にぶつかる。バーやキャバクラなどがひしめく不夜城のような雑居ビルだ。一階にドラッグストアがあり、その右隣りに《パリジェンヌ》という喫茶店がある。一〇〇席ぐらいの大きな店だ。西側の壁には水槽があり、熱帯魚が群れている。午前中はモーニング・サービスをやっている。昼は和食ランチも出てくる。歌舞伎町に事務所をかまえるヤクザたちが常連客だ。S連合の幹部も、昼間から女を連れてたむろしている。《東北マフィア》と激しく対立しているヤクザが、S連合だった。

その日、さっと退去できるように、おれは《パリジェンヌ》の出口近くの席に浅く坐っていた。見届けてくれと頼まれたのだ。S連合の幹部は、店内の奥まったところにいた。水槽とは逆、東側の席だった。陽が射してくる。やけに明るい半地下のようだ。窓の外はゆるやかな坂道になっている。坂を上り下りしていく女たちの足がよく見える。《パリジェンヌ》の特等席だ。S連合の幹部は和食ランチを食べていた。ヒットマンは奥へ入り、幹部の前で立ち止まった。「なんじゃ!」とヤクザは凄んだが、声が裏返っていた。ヒットマンは両手でしっかり拳銃をかまえ、腰を沈めながら三発撃った。

彪《ビヤオ》は、朝鮮族のヒットマンを上海経由で黒龍江省へ逃がした。迷宮入りしかけた事件だった。だがヒットマンは歌舞伎町の甘い蜜になじんでしまったせいか、かつての故郷が寒々として耐えられなかったのか、澳門《マカオ》にもぐり込もうとして捕まり、日本に送還された。刑期は十六年だった。かれの口は固く、だれに命じられたのか決して洩らさなかった。それでも警察は、じりじりと追いつめる。中国マフィアが絡んでいるらしい事件が起こるたび、かならず彪《ビヤオ》の名が囁かれる。銀座や、日本各地の宝飾店を襲って、ごっそりかっ渫《さら》っていったのも、《東北マフィア》にちがいない。あいつがやらせたのだと。

S連合との抗争もつづいていた。《東北マフィア》のひとりが路上で殺された。ドスで腹を刺されたのだ。刃先をねじり、内臓まで深々とえぐられていた。ヤクザの手口だった。

十日もたたないうちに、風林会館近くのバッティング・センターで、S連合の幹部が惨殺された。黒い霧のように噂がひろがっていく。

ヤクザは人工芝にひざまずいて、

「許してくれ」

と命乞いをしたが、彪《ビャオ》は金属バットで横なぐりにフルスイングして、頭蓋を打ち砕いたという。

「あなたの兄さん、危ない、死ぬよ」

上海出身の女がベッドで耳打ちした。おれたち二人が兄弟だという噂を信じていたのだ。だがその頃から、おれは遠ざけられるようになった。携帯にかけても、めったに繋がらない。

日没のとき影が長く伸びていくように、噂の彪《ビャオ》はすでに怪物だった。部下が営んでいる中華料理店の奥へヤクザを追いつめ、青龍刀でゆっくり、右、左と耳を削《そ》いでいったという。失血していくヤクザを見すえながら、彪《ビャオ》はその両耳を鶏ガラスープが煮えたぎる寸胴鍋に、ぽいと投げ込んだという。

復讐、またその復讐の堂々巡りがつづいた。東北マフィアのひとりが殺《や》られ、すかさず、S連合の幹部が殺された。下落合の女のマンション前で、車から降りたところを襲われたのだ。首の後ろ、延髄のあたりを、青龍刀で横なぐりにはね上げるように叩き切ったらしい。バイクで走りながら、鉄パイプをふり回す《怒羅権》の手口だ。そのときばかりは、おれも噂を信じかけたよ。

歌舞伎町から、彪《ビヤオ》の姿が消えた。上海に飛んだらしい。いや、香港だともいう。闇銀行を通じて、何億という金を動かしていたはずだ。逮捕寸前で取り逃がしたと、当局は口惜《くや》しがっていた。

彪《ビヤオ》の足どりは不明である。雪のハルビンへ飛んだかもしれない。少女が母とはぐれて残留孤児となった駅をうろつきながら、歯を食いしばっているかもしれない。おれには視《み》えるような気がする。吹雪のなか、白く凍りついた大河をよぎっていくアムール虎が。氷の下を流れていく水を映し、狂った虎の眼は翡翠色に翳《かげ》っている。

文字禍

満蒙開拓団の二世、三世たちにくらべて、ハルビンで生まれたiは恵まれていた。東洋のパリと言われる大都会だから、情報は速い。母国に原子爆弾が投下されたことも、玉音放送があったことも知れ渡っていた。引揚げも、迅速に始まった。母はX字型にたすきをかけて、胸に赤ん坊を縛りつけた。だから、はぐれることはない。大混乱の駅や貨車のなかでも、ウラジオストクの収容所でも、「リンゴの唄」を聞いた引揚げ船でも、X字型のたすきを解かなかった。噴火湾の港町に辿りつくまで。

いつもiは他所者《よそ》として扱われていた。極度に郷土意識の強い、排他的な土地柄だった。自分は満州という外地、幻の国で生まれたそうだ。遠い異国からやってきたそうだが、赤ん坊だったから、何の記憶もない。生まれ故郷は、ないも同然だった。そしてここでは他国者だ。どこにも居場所がない。どこにも帰属できない。

積乱雲が湧きたつ水平線を眺めながらｉはぼうっと、奇妙なことを考えていた。あの雲も、青空も、トンビも、目を閉じると瞬時に消えてしまう。そして眼をひらくと、海があり、トンビが舞っている。ひょっとすると世界は、見る者が見たいと望んだとき出現してくるんじゃないか。

あの火口壁も、船も、家も、台所の窓にちらつく母の影も、見ようとするこちらに応じて、さりげなく、もっともらしく出現してくるんじゃないか。なに食わぬ顔で、日々の時間割のように出現してくるんじゃないか。もしも、いきなり帰っていくと、家も、母も出現する暇がなくて、世界は空っぽになっているのかも知れない。

木ぎれを拾って、ｉは地べたに文字を書くようになった。ひらがなは読めるけれど、まだ漢字は知らなかった。木ぎれで縦線をひく、横線をひく、ななめに撥《は》ねる。すべてが文字だと思っていた。文字は無限にあると思い込んでいたのだ。地面に現れてくる、あらゆる象《かたち》が、意味をはらんでいるはずだ。

この横線は《水平線》で、この丸いのは《太陽》か《果物》だろう。ややこしく繁る線は《森》という意味を宿しているのかも知れない。ひょっとすると、この一字は、母ではないか。火口壁の影が降りてくる岬の町で、ｉはこの世にない文字を一心に書きつづけていた。世界を在《あ》らしめようと念じるように。

寒山拾得

雪が降りしきるハルビンを歩き回った。漢民族、満州族、朝鮮族、ロシア人、ユダヤ人、日本人などが混在する大都会で、東洋のパリと呼ばれていたという。

「石造りの大きな百貨店があってね。トナカイの毛皮のコートを買ってもらった」

新妻の頃にもどったような、初々しい母の顔が浮かんでくる。その百貨店を歩き、文房具売場で、落款《らっかん》用の石を買った。鮮血が固まったような赤い石だ。

ハルビン駅は、黒い大伽藍《がらん》だった。まだ石炭車が走っているのか、いちめん煤だらけで、貨車も連なっている。母はモンペ姿で、X字型にたすきをかけ、嬰児のiを胸に縛りつけて、ここから貨車に乗ったのだ。《満蒙開拓団》の人たちも、家や農地を捨てて、必死にこの駅を目ざしてきた。父母とはぐれた子どもたちは《中国残留孤児》になった。

金色の丸屋根がそびえていた。母がよく語ってくれたロシア正教の丸屋根だった。吹雪のなか、十字架の避雷針がふるえている。

「カツスキーは小さすぎる。途中で死んでしまうよ。わたしたちに預けなさい。養子にして育て[illegible]すから」

と言ってくれたロシア人の老夫婦も、日曜日、ここに通っていたのだろうか。

あのとき母が赤ん坊を預けたら、自分も《中国残留孤児》になったはずだ。そして《カワサ[illegible]400FX》で夜の東京を疾走しながら、鉄パイプをふり回していたかもしれない。いや、それに[illegible]二世たちのことだったな……。


教会前の広場に露店がひしめいていた。白菜や、林檎《りんご》に、雪が降り積もっている。長い行列があった。饂飩《うどん》屋の前だ。行列にならんでいると、なぜか目の前ですうっと人波が引いていく。ふり返って、やっと気づいた。異邦人であるｉに、順番を譲ってくれたのだ。五右衛門風呂そっくりの大釜から、もうもうと湯気がたち昇っている。丼がきた。具も汁もない、どろどろの饂飩に、ひとつまみ豆板醬《トウバンジャン》のようなものが盛られている。それをほぐし、溶かしながらすすり込んだ。

街を歩きつづけた。映画館があった。雪のなか、若い母がトナカイの毛皮をまといながら、幸せいっぱい行列にならんでいたのはここだろうか。母よ、あなたはここで李香蘭の歌を聞いたのですか。

髪に飾ろか　接吻《くちづけ》しよか
君が手折し　桃の花
涙ぐむよな　おぼろの月に
鐘が鳴ります　寒山寺

松花江が流れていた。満州語ではスンガリ川、天の河という。白頭山の湖に端を発して満州をよぎり、ロシアとの国境、黒龍江《アムール》と合流していく。

凍河を歩いた。氷の下を、澄みきった翡翠《ひすい》色の水が流れていく。

「十字架のかたちに、氷をくり抜いてね。ロシア人たちが全裸になって、水に入っていくの」

鞭打派、去勢派など、ロシアには神秘的な宗派がある。おそらく、そうした一派なのだろう。全裸の男女は恍惚となって、髪や陰毛から水を滴らせながら氷上にもどってくる。夜の喜びを知りはじめたばかりの母は、おずおずと光る眼で見つめている。

若い父母が暮らした家を訪ねたかった。暖かいオンドルの家だったという。初老になり、脳腫瘍になった母は次々に記憶を失い、いま暮らしている家さえ思いだせなくなった。家が一軒、脳裏から消えたのだ。けれどハルビンの古い家だけは思いだせると、間取りまで描いてくれた。家主のロシア人夫婦は他界したはずだが、家そのものは残っているかもしれない。だが、捜《さが》しようがなかった。なんの手がかりもなかった。

母が脳手術を受ける日、廊下で待ちつづけた。かすかに、電気的なモーター音が聴こえてくる。電気ノコギリで頭蓋骨を開いている音だ。ここだけは残酷すぎて見せられないのだろう。静かになった。

看護師がやってきて、そっと招き入れてくれた。手術に立ち会わせて欲しいと医師に頼んでいたのだった。

母は全身、水色のシートに包まれていた。てっぺんに円い穴があいている。頭蓋骨の上部が外され、脳が露出していた。

魚の白子のようだった。血管の網目が、キャベツの葉脈のように脳を包んでいる。

執刀医が、メスで脳を掘り進んでいく。まわりの脳漿が崩れ落ちないように、助手たちが竹べらのようなもので支えている。メスの先は、血だまりだった。金属のトレイに、くずれた豆腐のように脳の一部が掻き出されてくる。

X字型にたすきをかけ、赤ん坊を胸に縛りつけながら貨車に揺られ、船上で「リンゴの唄」を聞いた日々の記憶が宿っていたかもしれない脳漿だった。

母の葬儀には帰らなかった。ただの儀式にすぎないから。代わりに、ケネディ空港から北京へ飛び、雪のハルビンへ乗りついでいった。母が自分を産んでくれた幻の満州へ行く。それが弔いであり、供養だという気がしていた。

生まれた病院を見つけたかった。

筆談用のノートに《満州鉄道病院》と書きつけ、訪ね歩くうちに、あっけなく辿りついた。すでに近代的な大病院になっていた。鉄格子の門が閉まっている。

降りしきる雪のなか、門番の老人が立っていた。

「入れてくださいませんか」

身ぶりで頼むと、首をふり、そっぽを向いている。自分の背丈よりも高い竹竿《たけざお》を手にしていた。帽子もかぶっていない。白髪頭に雪が積もっていく。だらんとゆるんだ服を重ね着している。中肉中背、ごくふつうの老人だった。

ノートを開いて筆談を始めた。といっても、まともな中国語、漢文が書けるわけではない。思いつくまま、それらしき漢字を書き連ねた。


「わたしは日本人です。母はこの病院で、わたしを出産しました。けれど先月、脳腫瘍で他界しました。母を弔うつもりで、ここにやってきました。どうか、入れてくださいませんか」


ページを破り取って、鉄門の隙間から差しだした。老人は受け取り、読みながら、怪訝《けげん》そうに考えている。ただ漢字がならんでいるだけで、まったく中国語の体《てい》をなしていない。首を傾《かし》げ、ちらりとこちらを見つめ、また、でたらめの漢文を読み返し、なるほど、そうかと合点がいったらしく、

「アハァー」

と手を打ち、にっこり笑った。

そうかい、そういうわけならしょうがねえなと、鉄門を開けてくれた。竹竿をつかんだまま、片手で中庭のほうを指さした。かつての《満州鉄道病院》はそちらにあったのだろう。

雪掻きされていない坂道だった。


雪の丘に、石造りの病棟がならんでいた。すべて、窓ガラスの割れた廃屋だった。吹き込む雪が室内に積もっていた。錆びついた鉄のベッドが、難破船のように突きだしている。

「ベッドが窪んでいてね」

スプリングが弾力を失って、人のかたちに窪んでいたのだという。だから赤ん坊は、そこに沈み込んで寝返りを打てない。

「頭が扁平になりそうで心配だった」

母は乳をふくませながら、赤ん坊のやわらかい頭のかたちを気にしていたのだ。

そう、噴火湾の町で悪童たちに「絶壁、絶壁！」と笑われた。後頭部が扁平で、崖のようになっているからだ。成人しても頭のかたちは、いびつなままだった。老いてスキンヘッドになったいまも、後頭部はモアイ像のように扁平である。

錆びついた鉄のベッドに人影はなく、雪が積もっている。母はここで破水し、血を流しながら自分を産んでくれたのか。脳の血だまりが浮かんでくる。滂沱《ぼうだ》の涙がとまらなかった。

雪は降りつづける。かすかに声が聞こえてくる。遠くで、老人と医師が言い争っていた。白衣姿の医師は、頭ごなしに門番を叱りつける。地位の差は歴然としている。だが老人は臆することなく、平然とやり返す。

中国語は分からないが、二人のやりとりは想像できる。

——なぜ入れたんだ。あいつは日本人《リーベン》じゃないのか。

おそらく医師は、そう問い糺《ただ》しているはずだ。

——そう、あいつは日本人《リーベン》だよ。だが、あいつはここで生まれたのだ。

老人はこれを読んでみろと、漢字を羅列しただけのノートの紙片を突きだす。

若い医師はさっと目を走らせ、首をひねる。

——アハァー。

低能かね、お前は、と老人は笑う。いいか、あいつの母親はここで出産した。だが先月、脳腫瘍で他界した。だから、あいつはここを訪ねてきた。弔うつもりで。だから、おれも門を開いた。入れてやった。えっ、おれはまちがっているかね。

老人は自分の背丈より長い竹竿を握りしめたまま、静かに背すじを伸ばしている。若い医師はたじろぎ、

——今度だけだぞ。

伏し目がちにつぶやきながら去っていった。

老人は竹竿を手に、雪の中に立ちつづけている。

老いゆく摩天楼

アパートの窓から超高層ビルがよく見えた。かつての移民街、煉瓦造りの古い建物だった。エレベーターもついていない。すり減った大理石の階段が、延々と6階までつづいていく。踊り場や廊下には、ガス灯あとの管《くだ》が突き出していた。

だが、眺望は素晴らしかった。北側の窓には、エンパイヤー・ステートビルや、クライスラー・ビルが《神殿》のように聳《そび》えている。南の子供部屋の窓には、WTC（世界貿易センタービル）が、ガラスのモノリスのように輝いている。

冬のある日、エンパイヤー・ステートビルを訪ねていった。《神殿》の正面、大理石の壁にはめ込まれたプレートを見ると、企業だけでなく、精神分析医のオフィスや心療内科のクリニックも入居している。受付で案内を乞うと、管理人がやってきた。事前に紹介を受けていたが、会うのは初めてだ。肥った中年の男だった。ジーンズ姿で、なぜかゴム長靴を履《は》いている。チップとして30ドルを手渡してから、このビルを詳しく知りたいと頼んだ。

「もの好きだなあ」

管理人は笑いながら、

「まず、地下室からだ」

と狭い階段を降りていく。黄緑がかった蛍光灯の光りが、奥へつづく。

地下2階に着いた。地上１０２階の超高層ビルでありながら、地下は2階までしかない。機械だらけだった。チャップリンの映画「モダン・タイムス」に出てくるような歯車やバルブが入り組んでいる。恐竜の腸のように曲りくねるパイプから蒸気が洩れてくる。床は足首のあたりまで水浸しだった。うっすらと油の虹が浮かんでいる。マンハッタンは岩盤の島であるが、それでも地下水が滲《し》みだしてくるのだろうか。

技師たちはみんなゴム長靴を履いて、計器の針をにらみながらバルブを回す。手動式の配電盤から火花が飛び散っている。

驚いたことに、建築全体をカバーする発電機はないという。

「もし、停電になったら？」

「ナッシング」と肩をすくめる。

エレベーターで34階まで上昇して、精神分析医のオフィスを訪ねた。医師は長身の女性だった。天井がやけに低く感じられる。

「クライアントはこのビルで働く人たちではなく、外部からやってくる人たちです。だから、このビル特有の症状といったものは、別にありませんね」

分析医が語っている間、管理人は興味がなさそうに窓枠に手をかけながら言う。

「このビルの窓は、すべて手で開けられるんだ」

はめ殺しのガラス窓ではない。アルミサッシでもない。白いペンキを塗った木の窓枠で、上下に開閉する。

「このビルができたころ、暖房は蒸気で、クーラーもなかった。コンピュータもなかった。そこで電気配線を新しく天井に集めて、ボードで隠している。だから天井が低いんだよ」

さあ次、とエレベーターに乗り、77階へ案内された。

「濃霧で進路を見失ったB25爆撃機が、ここにぶつかって、14人が死んだ。戦時中のことだがね」

出るんだよ、と管理人は声をひそめた。

「霧の深い夜、飛行服姿の幽霊がこの廊下を歩いているそうだ。あはは」

さらに上昇した。停電になるとすべての電源が失われて、宙吊りになってしまうという旧式のエレベーターだ。最上階まで一気に上昇することはできない。86階で、いったん乗りかえねばならなかった。


102階の第2展望台は、鉄製のカプセルだった。円窓から雨雲が見える。管理人は「立入禁止」の鎖をまたいで、タラップを登っていく。天井に、潜水艦を思わせるハッチがあった。マンホールの蓋のようだ。首を突き出すと、寒風が吹き荒れていた。

冬空へ電波塔が聳えている。雨雲が破れて滝のように降ってきそうだった。鉄梯子《ばしご》がついていた。手をかけて登っていった。寒い。地上とは気圏の異なる冷気だった。自分が暮らしているアパートを捜《さが》した。かつての移民街は遠く、褐色の沼のように沈んでいた。その向こうに、WTCがモノリスのように聳え、まばらに電気がついている。海はすでに暗い。

登りつづけると、鉄梯子も冷えていく。凍えそうだ。真ん中あたりまで登ったころ、手が動かなくなった。冷えきった鉄に、掌《て》が張りついてしまう。強引に登ろうとすると、掌の皮がべろりと剝《は》がれてしまいそうだ。もう、これ以上は無理だ。あきらめて降りていった。

「おお、寒い。ちょっと暖まっていこうや」

管理人はエレベーターに駆け込むなり、ボタンを押した。

102階の展望台の真下に、通信会社の部屋があった。

配電盤から電気コードの束があふれだして、床を這い、室内いっぱい内臓のように渦巻いていた。さまざまの機器につながっている。技師がひとり、黙々とキーを叩いていた。

「今日も夜勤か？」と管理人が訊く。

「そうだ」

技師は、コンピュータから目を逸《そ》らさずに答える。神経質な横顔だ。電磁波の海で心身をすり減らしているらしい。

「チャイニーズでも取ろうか」

管理人が提案した。安価なデリバリーの中華料理のことだ。

「ここまで配達してくれるかな」

「三人分だったら届けてくれるんじゃないか」

「試してみよう」

いいか、お前のおごりだぞ、と管理人はこちらに目くばせしながら電話をかけた。

「チャーハン、酢豚、チャーメン、海老チリソース」

三人分だと念を押してから、奇妙な道順を告げる。

「エンパイヤー・ステートビル、正面入口のエレベーターに乗って、86階で左側の別のエレベーターに乗りかえて、それから――」

はたして無事に配達してくれるかどうか、分からない。

技師は手を休めた。無口だった。

頭上の電波塔から、どこへ、どう電波を中継しているのか訊ねても、

「ここはもう博物館だよ」

そっけなく笑うだけだ。

「地下室には水が溜まっているしな」

管理人がぼやいた。

「もう、耐久年数が過ぎているんだ」

「どうなるんですか」と訊ねると、

「解体するには、天文学的な費用がかかる。マンハッタンのど真ん中だから、爆破するわけにいか

ない。結局、廃墟のまま、うち捨てられることになるんじゃないか」

「…………」

中華料理のデリバリーは、まだやってこない。窓辺から下方をのぞくと、通りは電気パルスの川、光りの洪水だった。ビル群は明るく輝いている。街全体が、電子機器の内部に見えた。

霧が湧いてきた。海のほうからコンクリートの谷間づたいに押し寄せてくる。濃霧だった。白い雲海がひろがり、ビル群が次々にのみ込まれていく。手動式の窓枠に手をかけて押し上げてみた。霧とも雲ともつかないものが流れ込み、部屋に充満した。技師も管理人も、薄墨色の影になった。

白鳥座X‐1

「いよいよ打ち上げです」

「ロケットはH‐IIですか？」

「いいえ、M‐Vという新型です」

従来のロケットよりも推進力があって、積載量も二倍ぐらいになる。それでも、さらに軽量化しなければならないという。

「衛星の重さは？」

「八三〇キロです。ぎりぎり、ダイエットしたんですけどね」

「高度は？」

「一定していません。地球に近づいたり遠ざかったりする長楕円軌道ですから」

その電波天文衛星は《Muses-B》と呼ばれている。計画のコードネームのようなもので、打ち上げに成功して軌道に乗ってから、正式に名づけられるのだという。

「種子島から打ち上げるのですか」

「いいえ、内之浦です」

「…………」

孔雀の首のように青く輝く海が浮かんでくる。うっすらと湯気のたつ噴火湾の外側に、さらに巨大なカルデラ湾がひろがり、中央火山の桜島を、二つの半島が抱きかかえている。東側の大隅半島、太平洋を望む断崖に内之浦の発射基地がある。


ボストンで開かれた国際会議の帰りに、ニューヨークのアパートに立ち寄ってくださったのだ。会議で神経をすり減らしたのか、教授はしきりに歩きたがっていた。イーストヴィレッジから、チャイナ・タウンで食事してから、WTC（世界貿易センタービル）のほうへ歩いていった。

夏の夕暮れだった。陽はすでに沈んでいるが、暑さはいっこうに衰えない。今日もまた、熱帯夜になりそうだ。

十字路で信号待ちしているとき、

「ハロー」と呼びかけられた。

托鉢僧が笑っている。渋い柿色の衣をまとい、日本の鳶《とび》職人のように地下足袋をはいている。

「やあ、元気？」

路上で出くわすたび、よく立ち話をする若いベトナム僧だ。難民船でアメリカにやってきてから発心して、雲水になったのだという。托鉢の鉢を抱えている。瓢簞《ひょうたん》をくり抜いた鉢に、iは一ドル札を入れる。教授は五ドル札を入れた。

「…………」青年僧は、チリンと鐘を鳴らす。

難民船で上陸したサンフランシスコから、托鉢しながら延々と歩きつづけ、北米大陸を横断してきたのだという。同じアジア人という親近感のせいか、途中、コロラド州で生まれて初めて雪を見て、スキーをしたことなど楽しそうに語ったこともある。正式に得度《とくど》した僧ではなく、自分で勝手に出家した私度僧《しどそう》らしい。空海も私度僧であった。

信号が変わった。ベトナム僧は鐘を鳴らしながら、すり足で十字路を渡っていく。

その後ろ姿に、教授はそっと黙礼した。

WTCのエレベーターに乗った。最上階まで急上昇していくとき、肉も内臓もずり落ちて、骨格だけ宙へ向かっていくような感覚がくる。スペースシャトルで打ち上げられるとき、全身がぎりぎり軋《きし》むようなG、重力加速度がくるというが。

＊

アメリカ永住権の審査の日、家族三人でイミグレーション（出入国管理局）にやってきた。市民権の申請ではない。それは日本国籍を捨てて、アメリカ市民、アメリカ国民になるということだが、そんな気は初めからなかった。ただ、両生類のように両国に住める自由が欲しくて、永住権を申請したのだった。

「一日がかりになりますから、そのつもりで」

と弁護士から聞かされていた。
幼い息子が耐えられるように、リュックに漫画雑誌を入れてきた。日本から持ってきた「海のトリトン」や「アタゴオル物語」、ニューヨークの紀伊國屋書店で入手できる一週遅れの「少年ジャンプ」などだった。息子は、くり返し、くり返し、むさぼり読む。日本語を忘れないように、それらの漫画で、母語を繋ぎとめていたのだった。

永住権の審査は、あっけなく終わった。係官は中年の黒人女性だった。「少年ジャンプ」を一心に読みふける息子を気づかってくれたのか、あっさり審査を打ち切った。弁護士はOKという仕草をした。一日がかりのつもりでサンドイッチをこしらえ、魔法瓶にコーヒーを入れてきたが、食べるところがない。

外は雪が降っていた。イミグレーションのすぐ近くにそびえるWTCへ歩いていった。展望台でサンドイッチを食べようと思ったのだ。

窓口でチケットを買うとき、「なにも見えませんよ」と言われた。それでも高速エレベーターに乗ってきた。ガラス張りの展望台は吹雪に包まれていた。茫々と白い虚空がひろがるばかりで、まったく何も見えない。家族三人、吹雪を眺めながら黙々とサンドイッチを食べた。

＊

教授とならんで、ガラス張りの回廊を歩いた。エンパイヤー・ステートビルが見える、北側へ向った。強化ガラスが、爪先から、強化ガラスが天井へそそり立っている。透明な断崖だった。教授はガラスに額を押しつけた。隣りでｉもガラスに額をつけた。中空に身を預ける姿勢だった。高所恐怖症であるが、なぜか恐ろしくない。高すぎて実感がないのだろう。

日が昏《く》れて、星も光りだした。ビル群の窓に明かりが灯る。自分の住んでいるアパートの窓をさがしたが、判然としない。息子の部屋の窓から、この超高層がよく見える。教授はつい三時間ほど前、ボストンの国際会議で胸につけていたDr. Hirabayashiというネーム・プレートを息子に贈ってくださった。コンピュータ・プログラムを独習している小学生の息子は感激して、そのプレートを窓ぎわの机に立てかけた。

教授はガラスに額を押しつけたまま、星空を仰いでいる。天文衛星《Muses-B》は、やがて、あの星々の間をよぎっていくのだろう。

「白鳥座はあそこですね」

天頂のあたりを指さすと、

「よく知ってますね」と教授は微笑する。

「昔、天文少年でしたから」

中高生のころ「天文年鑑」を購読していたのだった。ある夜、火口壁の外側の浜辺で星座表をひろげ、風に飛ばないよう四隅に石をのせて、懐中電灯で照らして方位を確かめながら、水平線すれすれに昇ってくる《南極老人星《カノープス》》を見たこともあった。

ガラスの崖に額を押しつけながら、天文衛星《Muses-B》の話にもどっていった。打ち上げに成功したら、ほかの銀河のブラック・ホールを探査することになっているという。

「白鳥座にも、ブラック・ホールがあるそうですね」

「ええ、白鳥座X‐1です」

「どの辺ですか」

「ほら、あそこが白鳥の首でしょう。あの首の真ん中あたりです。連星になっていて、その一つがブラック・ホールなのです」

理論上、ブラック・ホールの存在は予言されていたが、初めて観測されたのが白鳥座X‐1だったという。

「もちろん、光学望遠鏡では見えません。見えないからこそ、ブラック・ホールと呼ばれてきたのです」

「どうして、白鳥座X‐1がそうだと分かったのですか」

「そこへ落ち込んでいく物質が渦のような円盤を形成して、強いX線を放射しています」

白鳥の長い首のあたりに、青白く燃える星がぽつんと見える。あれがブラック・ホールと対になっている連星だろうか。アフリカのドゴン族は、シリウスが連星であると気づいていたという。だが残念なことに、iにはそれ以上、質問をつづける学識がなかった。

「わたしも、そろそろ還暦なんですよ」

定年が近づいているのだと教授は言った。だから電波天文衛星《Muses-B》のプロジェクトを急がねばならないという。

ガラスの断崖から離れた。わたしたちの額の脂が、ガラスにはりついていた。横皺《じわ》や、眉間の縦皺が、くっきりと残っていた。

ヒラックス先生

先生、あれから何年過ぎたでしょうか。光陰矢の如し……と思い浮かべながら、気恥ずかしくなりました。こんな陳腐な言葉を、電波天文学者である先生に洩らしたら滑稽そのものです。光りも電波も、ともに電磁波ですから。

白鳥座X－1を仰いだ、あの世界貿易センタービルに、ハイジャックされたジェット旅客機が次々に突っ込みました。二つの超高層ビルは燃えあがり、青空から崩れ落ちていった。くり返されるテレビ映像を見つめながら、先生の額の脂がついたガラスの断崖を思い出していました。あのガラスは粉々に砕けて落下したのか。高熱でどろりと熔けてしまったのか。

先生、これまで《自分らしい》何かを、iと表記してきました。《私》という一語がどうも気恥ずかしくて、主語なしの文章にしたり、いろいろ工夫して、あっさり記号化したつもりですが、先生に対してやはり、iでは失礼ではないかという気がしてなりません。

四十年ぐらい前にも《私はiだ、小文字のiだ》と書いたことを、すっかり忘れていました。あの頃、幻覚の嵐にもみくちゃにされながら、それでもかろうじて残っている、ぎりぎりの《自分らしさ》をiと名づけていたのです。けれど、このiも気恥ずかしくなってきました。英文だったら、大文字をさりげなく小文字に変えるだけですが、日本語の文脈に入れると、不自然すぎる。あざとい。ちょっと鼻についてきました。ですから先生、これからは、iも、わたしも、自分も、ぼくも、おれも、その時々、気分しだいで使い分けることにします。どうか、ご海容ください。

WTCが崩れ落ちた日から、世界に亀裂が走り、いまも混乱がつづいています。テロはやまない。世界中で暴力が吹き荒れている。銃乱射もつづいています。ヒトという種の酷さに暗澹《あんたん》となっているとき、いつも、かすかな希望として思い浮かんでくるのは、SETI(地球外知性体探査計画)にかかわる天文学者たちのことです。

初めてSETI計画のことを知ったのは、ベトナム戦争のさ中でした。当時、二十三歳のわたしはアメリカ合衆国に兵役登録していたのです。滞在ヴィザを延期するには、兵役登録することが条件だった。左右、十本の指すべてを黒いスタンプに押しつけ、指紋を取られました。それを拒めば強制送還される。あの戦争は、決して他人事《ひと》ではなかったのです。むろん、戦争に行くつもりなどありません。万が一のとき、さっと逃げだせるようにメキシコ・シティへの航空券を肌身につけていました。

そうやって必死に延期してきたヴィザも切れて、ついに不法滞在者になってしまった。もしも移民局に捕まったら、ベトナムの戦場へ送られるかもしれない。笑いごとではありません。そうして消息が絶えた韓国人の友もいる。バイトで知りあったコロンビア大学の金髪の学生にも、ついに徴兵の通知がやってきました。

「死ぬなよ」わたしが強く言うと、

「いや、殺すな……だろう」

数日後、かれは日本製のバイクで国境を越えてカナダへ逃げていった。そんな時代だったのです。

わたしはニューヨークの片隅のスラム街に、偽名で部屋を借りて、ひっそり隠れ住んでいました。イミグレーションが恐かった。メキシコへのオープン・チケットも換金してしまったから、もう退路がない。段ボール箱ごと買い置きしたスパゲッティを茹《ゆ》で、塩、胡椒をふりかけて食べていました。バターも缶詰のトマト・ソースも買えなかった。すぐ近くのトンプキンズ・スクエア公園のベンチに腰かけ、あたりに散乱する新聞を読みながら暇をつぶしていました。ホームレスや、麻薬中毒者、若いアーティストたちの溜まり場になっている公園です。多くの人々がここを通り過ぎていった。無名時代のジャニス・ジョプリンも、冬、ふるえながらドラム缶の焚火にあたっていたそうです。

そんなころ、なけなしの語学力で“WE ARE NOT ALONE”（我々は孤独ではない）という一冊を読み耽《ふけ》っていました。不得手な科学用語に難渋しながら、それでも一心に読みつづけた。フランク・ドレイクという若い天文学者が、グリーンバンク天文台から《鯨座タウ星》へ暗号のメッセージ電波を発信したというのです。

地球外知性体と交信しようとする人類最初の試みです。《鯨座タウ星》は何十光年も離れているから、もしも応答がやってくるとしても来世紀のことです。マッド・サイエンティスト扱いされかねない破天荒な試みですが、わたしは救われるような気がしました。スラム街に隠れ住んでいる貧しい意識が、ふっと宇宙へひらかれていくような喜びがあったから。

＊

バーテンダーの仕事で金をつくり、中東やシルクロードの砂漠をヒッチハイクしながら、ぐるりと地球をひと回りしました。いったん日本に帰り、十三年後、妻子を連れて、ふたたびNYのイースト・ヴィレッジに移り住みました。移民時代からの古い煉瓦アパートです。廊下の壁にガス灯の管《くだ》が突き出しています。住民たちの間では、七か国語が交わされていました。英語、ウクライナ語、リトアニア語、スペイン語、イタリア語、中国語、そしてわたしたち家族の日本語です。もしかすると、イディッシュ語も話されていたかもしれません。アウシュビッツから生還したという、おばあさんも階下に住んでいましたから。

エレベーターもなく、すり減った大理石の階段が六階の部屋までつづいています。古いアパートですが、眺望は素晴らしかった。北側の窓には、エンパイヤー・ステートビルや銀色のクライスラー・ビルがそびえています。南側の子ども部屋の窓からは、銀色のWTCがよく見えます。

わたしは東北アジアの植民地で生まれたけれど、二番目の自分は、この街、イースト・ヴィレッジで生まれたような気がします。中心のトンプキンズ・スクエア公園の隣りにある廃屋ビルは、かつてブラック・パンサー、黒人過激派のアジトだった。ジャン・ジュネが支援金をアタッシェケースに入れて、出入りしていたそうです。残念ながら、その姿を見ることはできなかったけれど。

十三年ぶりにもどってくると、その廃屋ビルはお洒落《しやれ》なマンションに生まれ変わっていました。改築工事中、六人の白骨が出てきたそうです。わたしは隣接するアパートに住んでいたのですが、深夜、車がパンクするような銃声をよく耳にしていました。

*

レンタカーで出発した。道路に迷い込んでくる鹿をよけながらアパラチア山脈を越えていくと、山火事のような色に変わってきます。コーネル大学は紅葉の森に包まれていました。湖のほとりのキャンパスには、滝もあり、世界でいちばん美しい大学と呼ばれているそうです。

天文学部の研究室で、白髪のドレイク博士にインタビューしました。太平洋の向こうからやってきた日本人が自分の研究をよく知っていることに、博士は喜びを隠さなかった。

「十三年前から、ＳＥＴＩ計画を追いつづけてきたのです」

ドレイク博士は、青いポルシェで先導しながら自宅に招いてくださった。夫人はラテン・アメリカンらしい褐色の美女で、エメラルド色の眼です。地球外知性体と交信しようとする老天文学者が、こんな若い美女に魂を奪われたのかと思うと、つい微笑が湧いてきます。

家のそばを小川が流れています。飛び石づたいに渡り、紅葉の森を散歩しながら、ドレイク博士がぽつんとつぶやきました。

「こうしている間にも、宇宙線がわたしたちの体を貫いている」

「…………」

「もしかすると、地球外知性体からのメッセージ電波を浴びているかもしれない。だが、だれも気づかない」

「…………」わたしは戦慄《せんりつ》しながら、黙ってうなずくばかりです。

その夜、州のコンテストで金賞を獲得したという手作りの白ワインを飲みながら、博士の書斎で語りつづけました。

「どうだ、旨いだろう」

謙虚な人ですが、ワインのことになると自慢げです。わたしは赤ワインが好きなので、ええ、まあ、と言葉を濁すばかりでしたが。

博士のデスクには、二つの電話がありました。一つは、世界各地の電波天文台と繋がっていて、もしも地球外知性体からのメッセージと思われる電波をキャッチしたら、互いに、すぐ連絡しあうことになっているそうです。情報を独占してはならない。それが電波天文学者たちの紳士協定なのです。

「そちらは?」

もう一つの電話を指さすと、

「自殺防止ホットラインです」

毎週、金曜日の夜、自殺しかけている人が最後にかけてくるかもしれないSOSの電話に応えるため、徹夜しながら待機しているのです。ボランティアとして。

深宇宙へ耳を澄ましながら、同時に、地上で苦しむ人たちの声にも耳を澄ましている。

「ジャパンにも素晴らしい電波天文台があるんだよ。ノベヤマというところに、直径四五メートルのパラボラ・アンテナがある。精度は、おそらく世界一だろうね。銀河系の中心にある最大のブラック・ホールも発見している」

博士は楽しそうに語ります。

「ノベヤマには、SETI計画にも熱心な天文学者がいてね、アルタイル星へ暗号のメッセージ電波を発信したこともあるんだよ」

「何という人ですか?」

「ドクター・ヒラックス」と博士は微笑んだ。

「…………」とても日本人の名前とは思えなかった。

＊

夏の盛りに一時帰国して、信州・野辺山にドクター・ヒラックスを訪ねていった。野辺山とは、姥捨《うばすて》山、棄老の山ではないかと思っていたが、ひんやりと涼しい高原だった。おわん型の電波望遠鏡《パラボラ・アンテナ》が、ずらりとL字形に林立している。

ドクター・ヒラックスは笑顔の明るい天文学者だった。

「どうして、ヒラックスなのですか」

「本名はヒラバヤシですが、欧米人には覚えにくい名前でしょう」

「ええ、母音が五つも重なっているから」

「電波天文学は、国際的なチームを組むのです。たとえば中性子星《パルサー》を観測しているとします。けれど地球が自転しているから、陰になって、電波がキャッチできなくなる。そんなとき、オーストラリアや、南米、アメリカ、欧州の天文台へ連絡します。こちらはもうだめだ、後はよろしく頼むと」

「リレー観測していくわけですね」

「ええ、当時はテレックスで連絡を取りあっていたのです。こちらの名前を覚えてもらいたい。だから名前を、Hiraxと簡略化したのです」

「分かります」

海外で暮らす友人たちも、自分の名を簡略化している。

「テレックスの余白に、夕食なに食べた？　とか色々いたずら書きをしていましたよ。いまはメールですが」

林立する電波望遠鏡の林を歩きながら訊ねた。

「なぜ、L字形なのですか」

「電波を干渉させて……」

ヒラックス先生は口ごもり、素人にも分かりやすく説明を変えた。

「三角測量のようなものです。ほら、三角測量は一辺が大きいほど精密になっていくでしょう。だから、こういう形に配列しているわけです。重力波の観測所もL字形になっているでしょう」

「…………」わたしには、さっぱり分からない。

「アリゾナの電波天文台と、共同観測したこともあります。遠いけれど、遠いほど有利になるんですよ。つまり一辺が太平洋よりも大きな三角測量のようなものです。それでも地球サイズという限界があります。そこで天文衛星を打ち上げると、地球よりも遥かに巨大な観測アンテナを構築できるわけです」

「なるほど」

「いま、プロジェクトに取り組んでいるところです」

その天文衛星は、《Muses-B》と仮称で呼ばれている。


高原の風が吹きぬけていく。積乱雲がそびえる真夏だというのに、ひんやり肌寒かった。

「冬は寒いでしょうね」

「ええ、電波望遠鏡に雪が積もって、困ってしまいました」

そこで、おわん型の電波望遠鏡を真上に向けてから、天文学者たちが鉄梯子《ばしご》をよじ登り、氷のように固まった雪を削りとって、麻袋につめ込んだ。それから無人の電波望遠鏡を下向きに稼働させて、麻袋を地上に落下させたのだという。

「いやあ、大変でしたよ」

冒険ごっこの少年のように、先生は笑った。


天文台のマザー・コンピュータを見せてもらった。テニスコートぐらいの部屋に、大型冷蔵庫のようなものがぎっしりならんでいる。以前、NASA（米航空宇宙局）のケネディ宇宙センターを訪ねたとき、管制室を見せてもらったことがあった。何百台ものコンピュータがひしめいていた。すべて端末機だ。コンピュータは熱に弱い。だから冷やしつづけねばならない。管制室のガラスは、まるで氷の断崖だった。

野辺山のマザー・コンピュータ室も、氷室のように寒かった。宇宙から降りそそぐ電波を、このマザー・コンピュータが解析しているはずだ。もしも地球外知性体からのメッセージ電波がやってきたら、かならず捕らえるだろう。それにしても、このマザー・コンピュータとは、いったい何だろう。外部からの光りを感知しようと、脳の一部が露出してきたのが眼球だと聞いたことがある。するとこのマザー・コンピュータも、われわれの脳の延長なのか。

"WE ARE NOT ALONE"をむさぼり読んでいたころ、科学哲学者カール・R・ポパーの「自我と脳」も読みつづけていました。難解で歯が立たないけれど、《世界1》、《世界2》、《世界3》という言葉に魅せられていたのです。

《世界1》とは、物理的存在としての宇宙のこと。自然として在るこの世界も《世界1》です。次に、わたしたち人間の意識、心的性行、無意識などを含んだ心的状態。これが《世界2》です。さらに思考内容としての世界、人間の思考が生みだした世界、それが《世界3》であるというのです。すると、このマザー・コンピュータこそ、まさに《世界3》かもしれない。

「なぜ、こんなものがあるんだろう」

独り言を洩らすと、

「なぜ、こんなものが出現してきたのでしょうね」

先生もつぶやきます。

素人の素朴な疑問を笑おうとしない先生に、わたしは問いかけました。

「宇宙は、宇宙自身を観察させるために知性体を生みだしているのでしょうか」

「それが宇宙論で言う《人間原理》です。おおざっぱに言えば、この宇宙は、我々を生みだすために存在しているという考え方ですね」

*

山小屋《仙人庵》に泊めてもらうことになりました。長野県と山梨県の境のあたり、雑木林にぽつんと隠れている山小屋です。野辺山に単身赴任していたころ、先生は毎朝、ここから車を走らせ、野辺山の電波天文台に通っていた。エンジンをかけると同時に、カセット・デッキのモーツアルト「交響曲第四〇番」をかける。それを聴きながら、朝日の射す林を走りぬけていく。どの場所、どの曲り角で、曲のどの部分が鳴り響くか、すっかり記憶してしまったそうです。その山小屋で、茶碗酒を飲みながら語り合っているとき、ふっと愉快な話になりました。


地球が自転しているから、リレー観測しなければならない。だから長年、世界各地の天文学者たちと緊密に連絡し合っている。けれど、生身で会ったことは一度もない。

ボストンでの会議のついでに、先生は近くの駅から、ハーバード大学の天文学者に電話をかけたそうです。

「ヒラックスですが」

「あっ、すぐ迎えにいきます！」

だが、たがいに顔を知らないのです。

「帽子をかぶっていますか」

ハーバードの天文学者が訊く。

「いいえ、帽子はかぶっていません」

「スーツの色は？」

「ダーク・グレイです」

「ネクタイの色は？」

「ブルーです」

そんなやり取りをしながら、先生はふっと思いついて答える。

「わたしはアジア人ですから、すぐ分かると思います」

「あっ、そうですね。それならすぐに分かります！」

そうして二人は落ち合ったという。長い年月、深宇宙を共同観測しながら、たがいの人種や国籍など念頭になかったわけです。そんなささいなことが、かすかな希望ではないかと感じられます。


雑木林に、朝日が射してきました。木々の幹が白い。白樺の林だったのです。先生の車で東京へ向かいました。カローラかなにか、ごくありふれた大衆車ですが、《觔斗《きんと》雲《うん》号》という立派な名がついています。孫悟空が乗っていく雲です。走行距離を見ると、ほぼ十二万キロ。地球を三周もしているオンボロ車です。それでも、よく走る。三鷹の東京天文台まで一六〇キロ、光速で二〇〇〇分の一秒ぐらいの距離をひた走るうちに、少年時代の記憶が甦《よみがえ》ってきました。

ある夜、西空に彗星が出現したのです。青白い尾を曳《ひ》く、みごとな箒《ほうき》星です。日が昏れて、空が深い藍色になると、噴火湾の火口壁の上にぽっかり浮かんでくる。港町なのに、みんな無関心だった。星を友に航海する時代は、とっくに終わっていたのです。日が沈むとわたしは海辺に坐り、彗星を眺めていました。ハレー彗星ではありえない。周期が合わない。「天文年鑑」を購読していたから、それくらいは知っています。あとになって調べると、《アレンド・ドランド彗星》であったことが分かりました。

勅斗雲号で走りながら、先生の話に耳を澄ましていました。相対論的星間飛行の話。宇宙船が光速に近づくにつれて、後方の星まで前方に見え、背後に暗黒が支配しているのに、前方にだけ星が密集してきらめくという「走行差」の話。ドップラー効果のため、光速宇宙船の進行方向に対して同心に色彩が変わり、そのリングの中心へ突き進んでいくことになる「星の虹《スターボー》」の話。

「先生は、まるで宇宙人みたいですね」

冗談めかして、わたしが訊くと、

「はい、太陽系第三惑星の立派な宇宙人です」

茶目っ気たっぷりに答えてきます。

独学をつづけてきたわたしは、二人の天文学者に初めて《師》と呼ぶに値する晴朗な知性を感じて、私淑してきました。あの超高層ビルが崩れ落ちた日から延々とつづく陰惨なテロや戦火に暗澹としながら、かすかな光りとして、いつも二人の天文学者のことを思い浮かべます。

知性と獣性

世界貿易センタービルが崩壊してから、アフガニスタンへの報復戦争が始まり、わたしたち天文学者も、いやおうなく、意識のアンテナを地上へ向けざるを得なくなりました。電波天文衛星《はるか》の下方で、空爆がつづき、クラスター爆弾が降り注いでいます。

世界中の天文学者たちも、報復戦争をやめるよう署名運動を起こしました。

そんな経緯《いきさつ》があって、アフガンから来日してきた、ＮＰＯの活動家と出会いました。身長一九〇センチぐらいあろうかという長身です。

「生まれたときから、戦争、戦争ばかりで、平和というものを知りません」

と言いながら、アフガンから持ってきたクラスター爆弾の一部を見せてくれました。むろん、不発弾です。

人の胴体ぐらいの母爆弾に、リレーのバトンのような子爆弾がぎっしり入っている。その子爆弾には、鉄片がつまっている。地上近くで炸裂して、あたりに鉄片が飛び散っていく。

鉄片には、深い切り込みがついています。細かく、菱形に割れるようになっているのです。忍者の手裏剣のように。あきれるほど原始的な爆弾ですが、殺傷力は凄まじい。車さえ、ずたずたに切り裂いてしまう。牛も、山羊も、妊婦も、子どもたちも、すべてを切り裂き、血まみれの肉片にする。

その鉄片には、殺傷力を高めようと、切り込みの角度や深さを考える悪意が、はっきり見えてきます。冷たい鉄片を手に、わたしは茫然としていました。

深宇宙や、ほかの銀河を見つめてきた電波天文学者が、初めて、人間のおぞましさ、悪意、残忍さに触れたのです。不覚にも涙が流れてきました。すると長身のアフガン人が、わたしを抱擁してきました。わたしたちは突っ立ったまま、男同士、抱き合っていました。心のふるえが伝わってきます。声を押し殺しながら号泣しているのです。

そうですか、WTCの瓦礫の山から、火葬場のような臭いが漂ってくるのですか。その臭いはよく知っています。わたしは信州の農家に生まれました。千曲川の源流に近い村です。父母は実直に働きつづけていました。神童と呼ばれていた兄は、中学一年の夏、川遊びしているとき水死しました。小学四年生だったわたしは、兄の残像を背負いながら東京大学の天文学科へ、大学院へ進みました。なぜ天文学だったのか……。遠い過去のことですが、おそらく理系でありながら《意味》への渇きがあったのではないか。そんな気がしてなりません。この世界、この宇宙とは何か。なぜ、兄は中学一年で他界したのか。

死んだ兄を焼く火葬場の臭いを忘れたことはありません。いまも街角の焼鳥屋から流れてくる煙に包まれたとたん、はっと立ちすくむことがあります。きみが想像するように、野辺山はおそらく、姥捨《うばすて》山、棄老の山だったのでしょう。あれから電波天文衛星《Muses-B》のプロジェクトを推進するため、宇宙科学研究所へ移ったのですが、そこは都心近くなのに淵野辺というところです。わたしは半生、野辺山から淵野辺へさすらっていたことになりますね。

恩師は、ＳＥＴＩ計画にも関心の深い碩学でした。地球外文明について哲学的な論考もあります。わたしは博士課程を修了して、三鷹の東京天文台に就職しました。心底、ほっとしました。ああ、これでもう、お金の心配をしなくてもいい。アルバイトに追われることもない。

東京天文台は光学望遠鏡ですが、６ミリ波の電波望遠鏡も設置されました。日本の電波天文学の黎明期です。そして地下には、重力波望遠鏡ＴＡＭＡ３００の観測トンネルがあります。アインシュタインが予言した重力波を捕らえようとしていたのです。結果的には、アメリカに先を越されてしまいましたが。

武蔵野の森にひっそり隠れていた東京天文台は、しだいに都市の膨張に飲み込まれていきました。光りの洪水が押し寄せ、空も濁ってきた。レンズを《眼》とする光学望遠鏡には、どうしても限界がある。だが電波望遠鏡なら、異なる銀河系まで観測できる。わたしは東京天文台と兼任しながら、新しく建設されつつある野辺山の宇宙電波観測所を往復するようになりました。あの觔斗《きんと》雲《うん》号は三台目になります。これまでの全走行距離は三〇万キロ。そう、光りが一秒間に進む距離です。

そのころ、東京の出版社から、アルタイル星へメッセージ電波を発信して欲しいという依頼がやってきました。アルタイル星は、一七光年の彼方、銀河の岸辺で輝く鷲座の首星《彦星》のことです。天の川をへだてながら、年に一度、七夕の日、愛しい《織姫》と再会する。そんな星伝説があるから選ばれたのでしょう。少年、少女たちに夢を与えようという企画です。

だが野辺山の電波望遠鏡には、発信装置がついていません。そこで、スタンフォード天文台の四六メートル・アンテナから送信することになりました。先輩のMさんと二人で、暗号づくりに取りかかりました。基本的には、フランク・ドレイク博士が《鯨座タウ星》へ送った暗号と同じような構造です。電波パルスの総数を素数分解すると、タテ、ヨコの画像枠が定まってくる。そこに電波パルスの強弱をならべていくと、碁盤のように白と黒の画像が浮かびあがってきます。

わたしたちが発信した暗号は、71×71画素による十三枚の画像になっています。最初の二枚で、数学、物理の共通概念を確かめる。それだけは地球人にとっても、異星人にとっても普遍的なはずですから。そして三枚目以降、地球の海で生まれた原始生物が魚になり、両生類になって陸に上がり、爬虫類になり、哺乳類になり、やがて人類になるまでの画像です。

アルタイル星の表面温度は、太陽よりも高いのです。自転速度は、秒速二四〇キロメートル。太陽の秒速二キロメートルに比べると、凄まじいスピードで回転している。そんな星に、生命が発生するはずはない。それを承知で、暗号電波を送ったのです。

《鯨座タウ星》へ発信された暗号電波も、探査機ボイジャーに積み込まれたメッセージ金属板も、すべて似たようなものです。地球外知性体と遭遇する確率は、かぎりなく低い。ゼロに近い。それでも意義はある。まあ、大人のユーモア、辛口の酒のようなものだと思ってください。

わたしたちの本気の研究は別にあります。野辺山の電波望遠鏡を使って、銀河系の中心部で、秒速一〇〇〇キロメートルの高速回転している円盤や、ジェット噴射を見つけました。明らかに、ブラックホールです。すべてが飲み込まれていく《シュバルツシルト半径》は、およそ一億キロメートル。太陽と地球の距離に近い。そんな巨大なブラックホールが、銀河のど真ん中にある。

次の仕事は、世界各地の天文台と連携しながら、共同観測のシステムをつくりだしていくことです。三角測量の一辺を可能なかぎり大きくしていく。実験は成功しました。それでも地球サイズという限界がある。そこで電波天文衛星《Muses-B》を打ち上げると、地球よりも遥かに大きなアンテナができる。わたしは、そのプロジェクトの主任になりました。

ロケットはM‐Vという新型です。その一号機で打ち上げることになりました。わたしは《Muses-B》のアンテナ造りに心血を注ぎました。アンテナこそ、電波天文衛星の命ですから。アンテナそのものは、金メッキされた金網のようなものです。直径八メートル。それを折りたたんで打ち上げ、軌道に乗せてから、宇宙で開く。黄金の雨傘のように。

*

打ち上げの朝、内之浦の常宿から、発射基地へ歩いていきました。二月、南国の鹿児島もさすがに寒い。それでも照葉樹の森は、つややかに輝いています。鹿児島に、発射基地は二つあります。一つは種子島。太平洋の白波が押し寄せる渚の近くにあって《世界で最も美しい宇宙基地》と呼ばれています。わたしたちの内之浦基地も、決してひけを取らないと思っています。

真っ青な志布志湾には、枇榔《びろう》島が浮かんでいる。亜熱帯植物が群生する島です。向こうの都井岬には、野生馬も群れています。わたしはダウンジャケットの襟を立て、岬の道を歩きつづける。断崖の発射基地まで、およそ一時間です。

途中、祠《ほこら》があり、一升瓶が何本も供えられている。発射基地からの奉納品です。ちょっと苦笑いしたくなります。深宇宙に向きあう科学者たちも、やはり、人並みに神頼みする。験《げん》も担ぐ。内緒ですが、管制室の奥まったところに、神社のお札も飾られています。わたしも自身もそうです。打ち上げが近づいてくると、どうしても神社の前を素通りできません。だが、手を合わせない。祈らない。頼まない。無言で頭《こうべ》を垂れるだけです。

打ち上げの段階にくると、わたしの出番はほとんど何もない。M‐Vロケットの発射も、コントロールも、すべて発射基地のスタッフの仕事ですから。

秒読みが始まる。M‐Vロケット一号機は、白煙を曳《ひ》きながら青空へ飛び立っていく。爆発して太平洋に落下しないよう、願うばかりです。やがて、衛星は軌道に乗り、アンテナは無事に開きました。雨傘のように、金色のユリの花のように！

成功が確認されると、《Muses-B》はコードネームではなく、初めて《はるか》と正式に名づけられました。地球よりも遥かに大きな、直径三万キロの《瞳》、電波の《瞳》が生まれたのです。世界各地、三〇近くの電波天文台が共同観測に参加してくれました。

《はるか》は、ほかの銀河のブラックホールも観測できます。乙女座、かみのけ座の方向、六〇〇〇万光年のあたりには数千の銀河がひしめいています。その乙女座銀河団の中心に、楕円銀河M87があります。《はるか》は、そこに超巨大ブラックホールを発見しました。すべてが飲み込まれていく《シュバルツシルト半径》は七〇億キロメートル。太陽と地球の距離が一億五〇〇〇万キロメートルですから、途方もない大きさにふるえがきます。

長楕円軌道の《はるか》を制御することが、難しくなってきました。打ち上げから八年九か月過ぎて《はるか》はゆっくり回転し始めたのです。観測すべき天体へきちんとアンテナを向けることができない。太陽電池のパネルを制御できない。回転しつつ、パネルに太陽光が当たったときだけ電源が入る。これでは、どうしようもない。わたしたちチームは、親族会議のように声をひそめながら《はるか》を死なせると決めました。

*

その日、管制室では二つの出来事が重なっていました。小惑星探査機《はやぶさ》が行方不明になってしまった。必死に捜しつづけるチームのかたわらで、わたしたち《はるか》チームは葬式のように黙りこくっていました。燃料タンクが破裂したら、宇宙ゴミをまき散らしてしまう。だから残っている燃料すべてを吐きだすことにしました。それから心臓をそっと止めるように、《電波停止コマンド》のボタンを押す。

電波を切られた天文衛星は、小舟のように漂流していくだけです。いや、舟というほどのものじゃない。漆黒の宇宙を漂っていく、小さな金属ゴミにすぎない。もう行方を追うこともできない。《はるか》の死を見届けているとき、隣りの《はやぶさ》のチームが無言で、背後から見守っていました。どれほどつらいか、悲しいか、たがいによく分かっています。

わたし自身も、少しばかり《はやぶさ》に関わっていました。打ち上げてから、宇宙空間でアンテナをどう開くか、《はるか》の技術が必要とされていたから。火星と木星の間を、無数の小惑星が回っています。その一つが《イトカワ》です。日本のロケット開発の父、糸川英夫博士の名にちなんでいます。その小惑星に、探査機《はやぶさ》を着陸させる計画です。だが、小惑星といっても直径五〇〇メートルぐらいの岩塊にすぎない。月や火星に上陸するより、ずっと難しい。地球からの距離は、およそ三億キロメートル。辿りつき、帰ってくるまで、四年もかかります。そのころ、わたしはすでに定年を迎えているはずです。

心肺停止した《はるか》の下方で、空爆がつづいています。青空からクラスター爆弾の雨が降り、鋭い菱形の鉄片が飛び散り、山羊や、牛、馬、母、子どもたちを、ずたずたに切り裂いている。飛び散った肉片が、家々の土壁に張りつき、蠅がたかり、真っ黒になる。

ついに定年の日がやってきました。もう現場には居られない。《はやぶさ》は奇跡的に帰還して、大気圏に突入してきました。彗星よりも長い尾を曳きながら、燃えつき、特殊金属のカプセルだけ、オーストラリアの砂漠に落下してきました。定年退職したわたしは、現場に駆けつけることができない。ただテレビを見つめるだけです。

アルタイル星へ発信したメッセージ電波はどうなったか……。アルタイルは鷲座の首星で、アラビア語で《飛翔する鷲》という意味だそうです。天の川の、やや南寄りの岸辺で白く輝いています。光度0・8。中国では牽牛星《けんぎゅう》と呼ばれています。日本では伝説の《彦星》ですね。距離は一七光年だから、すでに電波は到達しているはずです。むろん、返事はやってきません。アルタイル星に知性体が誕生している確率は限りなくゼロに近い。だから、べつに落胆していません。あの暗号電波は、アルタイル星をさざ波のように洗いながら、さらに彼方へ向かっているのでしょう。

冬の青空

――あなたが爆死する瞬間を見ていました。
――基地から見ていたのか。
――いいえ、テレビの実況中継です。

かれに逢ったのは、一度だけだ。NASAの広報部がセッティングしてくれたインタビューだった。事前に渡された資料によると、ベトナム戦争のころ、かれは空軍のパイロットとして北ベトナムへ空爆を行っていた。

――オキナワから出撃したのですか。
――そう、カデナ基地から。
――B52ですね。
――………。

原爆を投下したB29の後継機にあたる大型爆撃機だ。七回、出撃したと記されている。多いのか少ないのか分からない。七回の空爆でベトナム人が何人死んでいったのか、それも分からない。当時、沖縄の基地周辺のバーは、夜ごと乱痴気騒ぎがつづいていた。つかの間の休暇でやってきた兵士たちは、来週はまた、泥沼の戦場へもどっていく。いつ死ぬか分からない。だからありったけの金を、酒と女に注ぎ込む。バーのママたちは、緑のドル札をカウンター下のバケツや灯油の空缶に投げ込み、足で押し込んでいたという。

《Aサイン》バーというものがあった。この店の女性たちは性病の定期検診を受けているから安全だという、米軍からのお墨付きのバーだ。

かれも満載していった爆弾をベトナムに投下してから、嘉手納基地へ帰ってくると《Aサイン》のバーで冷えたビールを飲み、女を漁っていたのかもしれない。

——戦争の話はやめましょうか。

——いや、かまわない。いつか、アジア人に問いつめられるだろうと覚悟していた。

——…………。

——それが、きみだったのかな。

——あなたのキャリアについて訊きたいのですが。

——なんでも訊いてくれ。

——どうして軍に志願したのですか。

——家が貧しくてね、大学へ行く金もなかった。軍に入るしかなかったんだ。除隊後に特典がつく。奨学金がもらえる。

——海軍でも陸軍でもなく、なぜ空軍だったのですか。

——おれは月へ行きたかった。


いや、そんな単純な話じゃない、とかれは呟く。月から帰ってきた宇宙飛行士たちが、オープンカーに乗って紙吹雪のなかをパレードしていた。アメリカの英雄《ヒーロー》だった。月に行きたかったというより、英雄になりたかったんだろうな。で、大学に行けないとなると、空軍しかない。宇宙飛行士たちは、ほとんど空軍出身だろう。空軍でキャリアを積むのが最短コースだ。


——家族は、お元気ですか。

——…………。

——奥さんとは、ブラインド・デートで出逢ったそうですね。財布の写真を見せながら、天使というのは本当にいるんだと思ったと、のろけていましたよね。とてもきれいな女性だった。

——あれから、離婚した。

——…………。

なぜ？　目で訊くと、

――おれたち宇宙飛行士の養成には、膨大な金がかかっている。あの宇宙服一着、いくらすると思う？　一〇〇〇万ドル（十二億円）だ。宇宙飛行士ひとり、ひとりに国家予算が注がれている。だから移動するとき、おれたちは同じ旅客機に乗ってはいけない。もしも航空事故が起これば、二人いっぺんに死ぬ。大損害だ。同じ車に乗ることもひかえる。宇宙飛行士とはそういう職業なんだ。

――分かるような気がします。

わたしもパレスチナへ行くとき、そんなことを考えていた。妻は心配して、青年になった息子を同行させようとした。わたしは首をふった。もしもテロに巻き込まれてバスごと爆破されたら、二人いっぺんに死ぬ。妻は家族すべてを失ってしまう。だから、単独でイスラエルとパレスチナを往き来していました。

――打ち上げは、真冬でしたね。

――燃料タンクの一部が凍りついて延期された。

――それでも強行された。

――冷戦の真っただ中だったからな。

――もと俳優の大統領が、スターウォーズ計画とぶちあげたりして。

――おれたちはそんな時代の尖兵で、使い捨てだった。

――テレビから、あなたの名前が聞こえてきて、びっくりしました。しかも機長《コマンダー》じゃないですか。

——アメリカン・ドリームに乗せられたわけだ。だがそのときは絶頂感があった。

——巨大な燃料タンクに、蟬のように宇宙船《シャトル》がとまっていました。

——垂直になっているだろう。

——搭乗するのは大変でしょう。

——仰角、九〇度傾いている操縦席に、シートベルトで体を縛りつける。

——ジェット機のコクピットに似ていると思いました。

——なんで知っているんだ？

——シミュレーションの宇宙船《シャトル》に乗せてもらったのです。

——そうか、操縦桿《かん》などそっくりだろう。

——ええ、真上にフロントガラスがあって四角な青空が見える。

——狭いだろう。

——ぞっとしました。こんなちっぽけな宇宙船で、暗黒のなかを飛んでいくのは怖ろしい。

シミュレーションの星々を見つめているとき、なぜか夏目漱石の言葉が浮かんできました。小説よりも、東京美術学校における講演録にショックを受けたのです。かれはこう語っている。この教室も、この机も、このコップもないかもしれない。きみたちも、わたしも、いないかもしれない。だが意識だけはある、まちがいなく、この意識だけはある……。その言葉は、デカルトよりも衝撃的です。江戸時代の終わり、慶応三年に生まれてきた人が、わずか五十年かそこらの生でここまでやってきたのかと驚嘆します。

青空が深まり、藍色になり、まばらに星が見えてくる。そんなシミュレーションの暗闇を見つめながら、わたしは胸で呟いていました。あの星も、この宇宙船も、操縦桿もないかもしれない。わたしも、いないかもしれない。だが意識だけはある。この意識だけは、まちがいなくある。

秒読みが始まり、点火されたロケットは炎を噴きながら上昇していった。宇宙飛行士はいま、全身の骨がばらばらになりそうなG（重力加速度）に耐えているはずだ。息をつめているとき、爆発した。発射して74秒後だった。炎に包まれたと思い込んでいたが、それは偽の記憶でした。いま改めてYouTubeの映像を見ると、爆発は下方で起こっています。宇宙船ではなく、燃料タンクの事故だった。蟬のようにとまっている宇宙船は、一瞬で砕け散り、白煙を曳《ひ》きながら海へ落下していった。

冷戦のさ中、二つの超大国が覇権を争っているころ、宇宙競争は国家の威信をかけた代理戦争に等しかった。林立するロケットを見るたび、国家男根がそそり立っているような気がしてなりません。たわいない記憶もよみがえってきます。小学生のころ海辺で、まだ皮かぶりのペニスを突きだして、オシッコをどこまで遠く飛ばせるか友だちと競いあったことがあります。そんな幼稚なロケットに、あなたは機長として乗せられ、青空で爆死した。その瞬間、あなたの意識の隅っこに宿っていたかもしれない、わたしについての記憶も消えていったのだと思いました。

老いた超人

ケネディ宇宙センターに取材を申し込むと、青空で爆死した、あの飛行士へのインタビューが自動的にセッティングされた。たぶん、シャトルの次の機長《コマンダー》に内定していたからだろう。

「ほかに会いたい飛行士がいるなら、もう一人だけセッティングする」

ここから選びなさい、とリストが送られてきた。

一人、とんでもない経歴の宇宙飛行士Mがいた。まだ徴兵制度があったころ、Mはハイスクールを終えて海兵隊に入り、除隊後、ニューヨーク州のシラキュース大学で数学と統計学の学士を得た。それから、カリフォルニア大学で経済学とコンピュータ・プログラミングの学士、マリエッタ大学で化学の学士、ケンタッキー大学院で生理学の修士。そして、コロンビア大学院で医学博士号を取得している。

宇宙飛行士になってからも、NASA（米航空宇宙局）ヒューストン基地近くの大学院に通って、哲学の修士を得ている。高卒のわたしなど、つい、舌打ちしたくなる。なんだ、学位のコレクションじゃないか。知的スノッブじゃねえか。

だが、それだけではなかった。ケンタッキー大学教授と宇宙飛行士を兼ねていながら、Mは一二〇種類の航空機を乗りこなし、滞空時間は一万四〇〇〇時間。つまり、五八三日間、空中にいたことになる。セスナ機の操縦や、グライダー滑空、パラシュート、スキー、スキューバ・ダイビングなど、スポーツ・インストラクターの資格も多数あった。趣味はチェス、長距離ランニング、高速オートバイ。知的にも肉体的にも、極限まで行こうとしているのか。一種の《超人》になろうとしているのかもしれない。

添えられている写真に、目を瞠《みは》った。オレンジ色の宇宙服を着た、オフィシャルな肖像写真だ。宇宙服から、細い首が突きだしている。多くの大学を転々としてきたから、すでに三十半ばを過ぎているはずだが、ひたむきに思いつめる青年の顔だ。頬はこけ、がりがりに痩《や》せている。頭は、剃《そ》りあげたスキンヘッドだ。頭蓋に張りつく頭皮が、宇宙にひりひり触れあっているようだ。片手に、宇宙服の丸いヘルメットを抱いている。オレンジ色の衣をまとう托鉢僧を連想させた。

＊

宇宙飛行士Mは、時間きっかりにやってきた。ミネラル・ウォーターのペットボトルを手にしていた。もう痩せ細っていない。筋肉質の中年。ひきしまった体型だ。着席すると、ひと口、水を飲み、静かに促してくる。

――さ、質問をどうぞ。

山頂の湖のような青い眼だ。なぜか脳裏に《アラビアのロレンス》が浮かんできた。イギリスの諜報部員として中東で闘い、アラビア王国などを生みだしたロレンスは、マゾヒストで、同性愛者だったと伝えられている。菜食主義者で、煙草も吸わず、生涯独身。おそらく一生、女体を知らなかった。そして「知恵の七柱」という奇妙な一冊を書き遺《のこ》して、オートバイ事故で世を去った。スピード狂だったのだ。

生前インタビューを受けて、

「好きな色は？」と訊かれると、

「深紅《スカーレット》」と答えている。

「好きな音楽は？」

「モーツアルト」

「最も望むことは？」

「友人たちから忘れられること」

「好きな食物は？」

「パンと水」

ＮＡＳＡの施設を巡りながら、宇宙から帰ってきた飛行士たちが、まっ先に何を食べたがるか訊ねたことがある。圧倒的に多いのは、冷えたビールと、ピザであった。

だが真向かいに坐ったＭは、まず冷たい水を口にするような気がした。

わたしは率直に訊こうと決めた。

「なぜ学位にこだわるのですか」

「スノビッシュじゃないか。そう思っているんだろう」

「ええ、その通りです」

「…………」

Mは気をわるくした様子もなく、微笑んでいる。

「スーパーマンになろうと試みているのですか」

訊きながら、ちょっと気恥ずかしくなった。

若いころ、アメリカにやってきて最初に買った一冊が“Thus Spoke Zarathustra”だった。日本語訳で耽読していたから、英語力が乏しくても、まあ、なんとか読めるだろうと思ったのだ。ペンギン・ブックス版で、カバーは、精神病院のベッドに横たわりながら夕焼けを眺めているニーチェ晩年の姿だった。

読みだして茫然となった。洞窟から降りてきたツァラトゥストラが語る《超人》という一語が、なんと《スーパーマン》と英訳されているではないか。

「わたしは空を飛べないよ」

Mは、いたずらっぽく、はぐらかした。哲学の修士号を持っているくせに。

「宇宙船《シャトル》に乗っているとき、夢を見ましたか」

「いや、夢は見なかったな」

冷淡に首をふりながら、

「なぜ他人の夢に関心があるんだ？」

「理系と文系の境を手さぐりしているのです」

「なるほどね」

少しばかり面白がる顔になった。

「ところで、ヒトはさらに進化すると思いますか」

「え？　ヒトが知的生物だとは思えないがね」

「…………」

「いいかい、我々がやっていることを考えてみたらいい」

どこから始めようかと、ためらいながら掌《て》をひらいて、

「では、ヒロシマ、ナガサキの原爆投下から数えてみようか。朝鮮戦争、中国とインドの国境紛争、ベトナム戦争、カンボジア攻撃、フォークランド紛争、アフガニスタン戦争、ユーゴ内戦、ルワンダ内戦……」

十本の指は、たちまち足りなくなった。

「これが、知的生物のやることかね？」

「地球外に知的生物がいると思いますか？」

「当然、いるはずだよ。ほかの銀河系にも、うじゃうじゃいるはずだ。生命をつくりだす原料は、炭素や水素など、宇宙に遍在している元素だろう。宇宙のどこにも、生命の原料は満ちている。地

球にだけ生命が生まれたと考えるのは、非科学的じゃないかね」

「けれど交信はむずかしい」

「そう、光りは宇宙にあふれているから通信手段としては使えない。結局、電波しかない」

「でも、どの波長で送ればいいか分からない」

「そこなんだよ。最初は、水素原子の21センチ波長がスタンダードになるだろうと考えられていた。だが、水素も、宇宙に満ちあふれている」

「ノイズが多いわけですね」

「だから、水素の波長も使えない」

「…………」

「それでも、太陽系第三惑星に生物がいるというメッセージは遠くへひろがっている」

「なぜ？」

「テレビ電波だよ。対ミサイル用の軍事レーダーもある。これは単純なパルスだが、出力は大きい。地球はごくありふれた小さな惑星だが、電波望遠鏡で見れば《電波星》として異様に明るく輝いているはずだ。我々がここにいるというメッセージは、すでに宇宙へひろがっている」

「でも、何万、何十万光年という距離があるから出会えない」

「あきれてるんじゃないか」

宇宙飛行士は冗談のように、

「同じ種で、延々と殺し合いをつづけている。そんな生きものと接触したいと思うかね。まだまだ知性体のレベルに達していないと見なして、放っておくんじゃないかな」

「月に行くほどの文明があっても？」

「月なんて、宇宙の隅っこで、ちょっと近所に行っただけのことだ」

「…………」

「宇宙ステーションは、高度四〇〇キロだ。いいかい、地上の四〇〇キロなど、車で走れば、四時間で行ける。ハイウェイなら三時間かそこらだ。その程度のところなんだ。わたしは宇宙へ行ったとは思っていないんだよ」

「月で神を見た、神の遍在を感じたという飛行士がいますが」

「もともと信仰心があったんだよ。もし宇宙で事故が起こったら、救出する手だてはない。だから以前は、宇宙飛行士を選ぶとき、信仰をもつ者を優先させたそうだ」

「神に救われるように？」

「そういうことだ」

「バズ・オルドリン飛行士は、機内でひとり《聖餐》の儀式を行ってから月に降りていったそうですね」

「すごい頭脳だが、信仰も深かった」

「月面に残る足跡の写真も、かれのものですね。だが地球に帰ってきてから、精神を病んでしまった」

「そう。英雄《ヒーロー》として、もみくちゃにされて。あれから姿を消して、スキューバ・ダイビングに没頭している」

「月から見た、青い水惑星の海に潜りつづけているわけですね」

「海に癒されたのだろうな」

「ぼくもインタビューを申し込んだけれど、黙殺されました」

「かれは隠者になったんだよ」

「あなたも、隠者になりそうですね」

「あはは」

「宇宙遊泳している時のことを聞かせてください」

「紙オムツをつけるんだよ。宇宙にはトイレがないからね」

「命綱もつけますね」

「船外活動は、やるべきことが秒刻みで決まっている。だが、ちょっとした手ちがいで、一五〇秒ぐらい待つ時間があった」

「一五〇秒、宙に浮かんでいたわけですね」

「その時、命綱がヘソの緒に見えた」

「…………」

「銀色のヘソの緒が遠く延びて、地球に繋がっているような気がした。ああ、あれが《母星》なんだと痛感したよ。ヒマラヤが薔薇色に染まっていた。地球の一番高いところだろう。太陽が沈んで地表が暗くなっても、斜め上空に射してくる光りがヒマラヤ山脈を照らしているんだ」

「ぼくもよく眺めていました」

「きみは登山をやるのかね」

「いいえ、ヒマラヤの洞窟に住む聖者たちと暮らしていたのです」

「おい、本当か！」

「三か月ぐらいですが」

宇宙飛行士は腕時計を外して、テーブルに置いた。残り時間を確かめながら、

「これから逆に、わたしがインタビューする」

「はい」

「きみは、なぜヒマラヤに行ったのかね」

「山麓のシヴァナンダ・アシュラムという師《グル》の修道場で、ヨガを学んでいたのです」

「そのシヴァナンダというのは、どんな人なんだ？」

「西洋医学のドクターで、アシュラムに無料の病院を建てていました。もっと奥まった山の中には、ハンセン病の人たちを収容する施療院もありました」

「どうやって運営しているんだ？」

「信者たちの寄付と、シヴァナンダ自身の印税です」

「教団なのか？」

「べつに教団ではないけれど、多くの信奉者を抱えています」

「そういう国なんだな」

「シヴァナンダは明るく笑う大男で、あなたと同じスキンヘッドです」

「おう、そうかい」

Mは、つるりと頭を撫《な》でながら、

「そのアシュラム、どんな毎日なんだ？」

「朝早く、鐘が鳴ります。大食堂へ急いで、石の床にあぐらをかきます。金属の皿が置かれ、ご飯を盛ってくれます。次に、バケツから豆のスープを掬《すく》って、かけて回ります」

「…………」

「上座には、髭面の人たちがずらりと坐っています。冬だというのに、薄いボロ布をまとうだけで、ぼうぼうの蓬髪《ほうはつ》です。痩せこけて、ぎろりと眼が光っている。ヒマラヤに隠《こも》る行者たちです。洞窟が雪に閉ざされてしまったから、やむなく麓に降りて、アシュラムに寄宿している。雨宿りのように」

「まだ、そういう人たちがいるんだな」

「ええ、こんな時代に」

「…………」

「ガンジスの水量が増してきます。ヒマラヤの雪解けです。蓬髪の行者たちは、一人、二人と山へ帰っていきました。かれらを追って、ぼくもヒマラヤの洞窟を目ざしたのです。見届けたいと思って」

「どんなふうに暮らしているんだ？」

「行者たちが住んでいる洞窟は、かならず渓谷ぞいにあります」

「水が必要だからな」

「朝、川に降りて水を汲みます。斜めの滝のような急流です。白濁したエメラルド・グリーンの水です。シャーベット状の氷も流れてくる。その水を沸かして、茶《チャイ》を啜《すす》る。朝食はそれだけです」

「昼は？」

「小麦粉を練って、竈《かまど》でチャパティという薄焼きをつくります。谷に生えている野草を混ぜるから、少し緑色がかっている。それと豆のスープ。一日一食です」

「それで栄養が足りるのかね」

「豆のスープが栄養源です」

「宇宙食のほうが、ましみたいだな」

「ええ、あの固形アイスクリームはなかなかですよ」

「豆や小麦粉は、どうやって手に入れる？」

「村人たちが寄付してくれます。行者たちが暮らす洞窟は、山里から登って行けるところにあります。遠すぎてもいけない。近すぎてもいけない」

「…………」

「渓谷に旗がひるがえっています。この洞窟に行者がいるという目印です。ヒマラヤだから寺院もない。村人たちにとって、聖者さまの住む洞窟が寺院なのです。参拝にきて、小麦粉や、塩、茶の葉、辛子油、蜂蜜などを寄進する。それで行者たちは命を繋いでいます」

「なるほど」

「それから、ちょっと言いにくいことですが」

「なんだね？」

「ガンジャって、ご存じですか」

「大麻のことだろう」

「ええ。何千年も昔から、行者たちはガンジャを愛用しています。深く瞑想に入れるから。洞窟につづく崖道ぞいに、ガンジャの種をまいて、栽培しています。その葉や穂を練りあげて、ハシシュをつくる。神々の食物《ソーマ》と呼ばれてきたものです。山里の男たちは、それを相伴《しょうばん》させてもらいたくて訪ねてくるようです。聖者さまの洞窟だったら、おおっぴらに楽しむことができますから」

「あはは」

笑いながらMは訊いた。

「ところで、その聖者たちは、enlightenment（悟り）に至っていると思うかね」

「分かりません」

「きみの印象だけでいい」

「ぼくが出会ったのは、五人だけです。三人は、あきらかに偽者だった。山里からやってくる村人の姿を見つけると、洞窟の岩棚に坐って教典を読むふりをしたり、ヒマラヤの聖者を演じていました」

「本当に悟っている聖者は、いたと思うかね」

「一人だけ、いたと思います」

「どんな人だ？」

「妻が死んだとき、すべてを捨ててヒマラヤにやってきた人です。《花の谷》と呼ばれる渓谷に住んでいました」

「その老人が悟っている、と思う根拠は？」

「ありません。村人と同じような、まったく普通の身なりです。毎日、山里の子どもたちが遊びにやってきます」

「…………」

「谷間の日照時間は、とても短い。すぐ日が昏れてしまう。子どもたちが帰ったあと、洞窟の岩棚に坐って夕空を眺めていると、宇宙ステーションか、シャトルらしい光りが見えることもあります」

「そうか。わたしがヒマラヤを眺めているとき、きみはシャトルを見ていたのかもしれないな」

「ヒマラヤを降りていく日、老人は文鎮がわりに使っていた小石を手渡してくださった。山頂の氷を削ったような半透明の石英です」

「…………」

「心の井戸が涸《か》れて書けなくなると、深夜、その石英を握りしめます。額に押し当てることもある。ヒマラヤの冷気がくる。涸れた井戸に、ゆっくり水が湧きだしてくる。そうして何度も危機を救われてきました」
テーブルの電話が鳴った。
宇宙飛行士は腕時計を手首に巻きつけ、立ち上がりながら、また会おう、と言った。

*

月日が過ぎた。NYのアパートをひきはらって、わたしは東京に帰ってきた。ある日、新聞をひらくと「最高齢の飛行士、62歳で引退」という記事が目にとまった。

――NASA（米航空宇宙局）は、現役の最高齢のストーリー・マスグレイブ飛行士の引退を発表した。同飛行士は昨年、11月19日から12月7日まで、スペースシャトル「コロンビア号」に搭乗した。当時61歳で、「宇宙飛行の最高齢記録」と話題になった。同飛行士は、1967年、NASAの飛行士に選ばれたあと、83年に搭乗した「チャレンジャー号」（86年1月に爆発事故）を含む、5種類のスペースシャトルすべてに計6回、搭乗した。宇宙滞在時間は、1281時間に及んだ。昨年11月の最後の飛行の際には「60歳を超えたが50代の時より調子がいい」と元気に話していた。だが、搭乗機会をめぐって競争が激しいシャトル飛行士の道を、後輩たちに譲ることにした。

写真も添えられていた。最後に「コロンビア号」に搭乗するときの写真だった。ヘルメットは装着せず、胸に抱いている。飛行服の大きな丸首から、顔が突きだしている。スキンヘッドだが、頭皮がひりひり宇宙に触れあうような張りがない。頬や、首に、かなり肉がついている。猛禽を思わせる鋭い眼、触れると感電しそうだった視線も、いまは穏やかである。

＊

さらに長い月日が過ぎた。わたしは科学雑誌などを漁って足跡を追いつづけてきた。かれは引退後、ケネディ宇宙センターの近くに家を建て、ひき隠《こも》っているという。フロリダ半島によくある、白壁と赤瓦のスペイン風の家だろうか。

だが、その家は視《み》えてこない。目に浮かんでくるのは湿地帯だ。フロリダ半島の宇宙基地のあたりには、いたるところに沼があり、水面から鰐《わに》の目がぎろりと突きだしている。猫目石のような、黄褐色の眼だ。海辺にはバンガロー風の小屋が点在している。国民的なヒーローである飛行士には、女性たちが群らがってくる。ホテルに連れ込むと、写真を撮られスキャンダルになる。だから若い飛行士たちは、海辺に別荘がわりに小屋を建て、ラブホテルとして使っているという噂だった。禁欲的なMのことだから、女性たちを連れ込んだとは思えないが。

それらの小屋は潮風にさらされ朽ちているが、Mの小屋だけ、わたしの脳裏にぽつんと佇《たたず》んでいる。簡素な木造小屋で、人の背丈ほどの高床式だ。床下を潮風が吹きぬけていく。昼顔の蔓や、花も、忍び込んでいく。その奥に一台、幻のオートバイが止めてある。

風化したベランダに人影が視える。かつての《超人》が椅子に腰かけ、海を眺めている。幻の再会だった。老いて、肥っていた。スキンヘッドであることに変わりないが、頭皮がたるみ、耳のあたりには剃り残しの白髪が伸びている。ペットボトルが一本、テーブルに立っている。遠くに宇宙基地の発射台と、白い塔が見える。直立したままのスペースシャトルを、移動台ごと格納する建物だ。

——チャレンジャー号が爆発したときも、ここから見ていたのですか。

——…………。

——あの機長《コマンダー》の名前、なんと言いましたっけ?

——…………。

さぐりを入れてみたが、ぼうっと海を眺めている。

——ぼくのこと、憶えておられますか。

——…………。

忘れてしまったようだ。無理もない。たった一度、インタビューにやってきた者など、憶えているはずがない。それは仕方がないけれど、眼のうつろさが気になった。山頂の湖のように澄んでいた眼が、とろんと霞んでいる。

分身が抜け出していくように、わたしは隣りに腰かける。

――ヒマラヤの洞窟に住む聖者たちのことを話しましたね。enlightenment（悟り）は、あり得るかどうか。

――…………。

やはり無表情だ。これまでヒマラヤの聖者たちのことを、たびたび人に語ってきたが、ほとんど反応はなかった。へえ、いまどきそんな人たちがいるんだ。きみもまた物好きだねえ。まあ、そんなところだった。宇宙飛行士Mだけが深々と耳を傾けてくれたのだが、いまは呆けたように黙っている。

――ヒマラヤの聖者たちは、もともとサドゥです。サドゥとは流浪の行者たちです。ご存じでしょうが、サドゥとは流浪の行者たちです。橙色のボロ布一枚をまとって、乞食《こつじき》をしながら、生涯、聖地から聖地へ巡礼をつづけます。かれらは裸足で、何も持たない。それでも、われこそが人間の王であると言わんばかりに闊歩《かっぽ》している。ぼくは、そういうインドが大好きでした。

――…………。

――あれから四十八年、何度もインドを訪ねました。もう、ヒマラヤへ登っていけません。長年の煙草のせいで、COPD（閉塞性肺疾患）を抱えていますから、空気の薄いところは無理なのです。でもヒマラヤの聖者たちの噂を、いろいろ耳にしました。《花の谷》の洞窟は空っぽで、竈《かまど》のあたりだけ煤が残っているそうです。

――………。

――もう、だれも流浪の行者など見向きもしない。聖地ベナレスで、サドゥたちはさびしそうに岸辺に身を寄せあっていました。飢えていたのかも知れません。涙がこぼれそうになりました。

――………。

――救われたこともあります。ガンジス河にそって宿がならんでいます。かつてのマハラジャや、豪商たちの別邸です。石造の館で、円筒形の塔のような部分がついています。ぼくはそこに泊まっていたのですが、円筒部がせり出しているから、隣りの宿が少し見えます。その窓辺で、老人が瞑想していました。

――………。

――その姿勢の美しいこと。すうっと力が抜けて、厳《おごそ》かです。ただ者ではないことは、ぼくにも一目で分かる。宿の主人に、あの人はだれなのか訊くと、声を沈めながら、「シャンカラ・チャリアです」と答えてきました。

――………。

――ヒマラヤの洞窟を目ざしていく途中、巨大な菩提樹に出くわしたことがあります。初代のシャンカラ・チャリアが、その木陰で瞑想していたそうです。落ち葉をノートに挟み、押し葉にして、いまも大切に持っています。ハート形で、葉先のほうが細く伸びています。

ヒンドゥー教の世界で、シャンカラ・チャリアは、ローマ教皇やダライラマ法王に相当する存在でしょう。そんな人が、お忍びで、独り、ガンジス河に向きあっている。しかも瞑想するとき、まったく他者を意識していない。

ぼくは鎌倉の禅寺や、ヨガのアシュラムに隠ったことがあります。だから瞑想する人たちが、見られている……と意識しながら坐っていることに気づかされてきました。瞑想が、ある種のパフォーマンスになっているのです。けれど隣りの宿のシャンカラ・チャリアは、だれに見られているわけでもなく、静かに坐っている。ぼく一人がこっそり、盗み見していただけです。

日没、ガンジス河が薔薇色に染まり、シャンカラ・チャリアもやがて夕闇に沈んでいく。

幻のMも坐っている。木造小屋のベランダで、海を眺めている。シャトルの丸窓から青い水惑星を見るように。夕日が射し、横顔も、剃り残しのあるスキンヘッドも、薔薇色に染まっていく。精神に異常をきたしたニーチェが、病院のベッドで半身を起こし、夕焼けを見つめる姿にそっくりだった。「わたしは空を飛べないよ」と笑う姿が浮かんでくる。悲しかった。

日が沈んでいく。海も空も暗くなった。水平線から湧きたつ積乱雲だけが、斜め上空へ射す夕日に照らされている。老いた超人は、ペットボトルの水を飲んだ。

幽霊船

噴火湾は天然の良港だった。火口壁が馬蹄形に取り囲んでいるから、風はなく、いつも湖のように静まっている。台風が近づくたび、近海の漁船や貨物船がいっせいに避難してくる。そんな船のために、直径二メートルほどの円形のブイが、あちこちに浮かんでいる。噴火湾の底まで、深々と錘《おもり》を沈めているのだろう。

そのブイに廃船が繋がれるようになった。

《海王丸》という老朽化した鰹《かつお》船だ。解体される前、とりあえず係留されていたのだ。日が暮れても灯《とも》が点らない船を、ぼくらは、ひそかに《幽霊船》と呼んでいた。けれど昼間は、格好の遊び場だった。ぼくらは湾を泳ぎ、船腹に取りつけられた梯子《はしご》から《幽霊船》へ登っていく。焼けついた甲板に仰向けになって、ずぶ濡れの体を乾かす。台風の目のような円い青空を、鳶《とび》がぐるぐる回っていた。

この甲板で、漁師たちが飯を食べ、みそ汁をすすり、ぶつ切りの刺身を食べていた。ぼくら悪童が甲板へ登っていくと、

「おう、坊主、よくきた」
漁師らは冷えた西瓜をふるまってくれた。それから余興のように、一片の刺身を甲板に放る。すると鳶が急降下してきて、刺身をくわえ、褐色の翼を大きくひろげながら青空へもどっていく。

《幽霊船》も、かつては忙しかった。すぐ沖を流れる黒潮に乗って、鰹の群れが北上してくる。釣りあげると、大漁旗をかかげながら帰港してくる。五月の風にひるがえる大漁旗ほど美しいものはない。海のほうから世界が開花してくるようだ。熱帯魚そっくりに着飾った遊女たちが、埠頭で手をふる。漁師たちは水揚げを終えると、いっせいに遊郭へ駆けこんでいく。ぼくの家の隣りが《東海楼》という大きな遊郭だった。三味線や笑い声など、どんちゃん騒ぎが深夜までつづく。

その夏、ぼくらは《幽霊船》をつぶさに探険した。鰹船は一本釣りだ。魚群にぶつかると、甲板下の水槽から生きた鰯《いわし》を汲みあげ、海に投入する。狭い生簀《いけす》で育てられた鰯は大海原に放たれても、習性でぐるぐる回りつづける。鰹の群れは半狂乱になって食らいつく。そこに鉤のついた擬似餌《ぎじえ》を投げ込む。長い竹竿を自在にふるえるよう、舳先《へさき》は大きく前方へせりだし、舷にそって釣り場がある。釣った鰹は氷倉へ投げ込む。

ぼくらは操舵室へ登り、羅針盤をのぞき、操舵輪をからからと回す。それから、黄泉《よみ》の国のような機関室へ降りていく。重油の臭いがする。巨大なエンジンが御神体のように黒光りしている。いちばん、わくわくするのは漁師たちが寝起きしていた船室だった。二段ベッドがならび、あちこちに写真が貼られている。人気女優のブロマイドや、ポルノ写真だ。乾いた糊のようなものがこびりついている。仄《ほの》かに洩れてくる光りのなかで、ぼくらはポルノ写真に目をこらして、男と女がどのように交合するのか、しっかり学習した。

金切り声が聞こえた。甲板に洋《ひろし》がうずくまっていた。甲板の鉄釘を踏みぬいてしまったのか、裸足から血が流れている。

「ギャーギャー騒ぐな」

仲間は冷淡だった。洋は年下の仲間だった。

ぼくの家は《東海楼》の隣りで、化粧品店と美容院を営んでいた。柿の木が生える裏庭をはさんで、《銀丁》というバーがあった。ミラーボールが回り、ダンス音楽が流れてくる、港町のモダンな新興勢力だった。昼間は、シュミーズ姿のホステスさんや遊女たちが、煙草をくゆらせながら木陰で涼んでいた。笑いさざめき、ときには激しく罵倒しあう。洋は、そんなホステスさんの連れ子だった。

五日後、あっけなくかれは死んだ。破傷風にやられたのだ。葬列は、柿の木陰から出発した。ぼくらは竹竿の旗をかかげながら先頭を歩いていった。大漁旗とちがって、さびしい白地の旗だった。青空から蝉の声が降ってくる。

甕割《かめわり》坂の墓地に着いた。すでに穴が掘られていた。漬物樽らしい丸い桶《おけ》が降ろされていく。辺境の港町だから葬儀社もなく、柩《ひつぎ》が間に合わなかったのだろう。それにしても桶は小さかった。洋は膝を抱きかかえる姿勢で、うずくまっているのだろう。

桶はゆっくり地中に降ろされていく。わたしが見た最後の土葬だった。《銀丁》のホステスさんたちが、金盞花《きんせんか》を投げ入れた。

鶏頭《けいとう》の花が咲いていた。太い茎を、カマキリが這い登っていく。

「あっ」と若いホステスが洩らした。

緑のカマキリは茎を登るにつれて、ゆっくり赤みを増して、やがて赤紫へ、鶏頭の花の色へ変わっていった。

「カマキリも色が変わるのね」

翌日から、ぼくは肉が食べられなくなった。桶のなかで腐乱していく友の姿が浮かんでくる。払いのけても、払いのけても、恐怖は消えなかった。夕食のとき、ぐつぐつ煮えるすきやきの肉を口に入れても、すぐ吐きだしてしまう。そんな日々が二年ほどつづいた。

食物連鎖

「どうして肉を食べなくちゃならないの?」

夕食のとき息子が訊いた。食卓にあるのは、牛肉でも豚肉でもなく、魚肉だった。

黒マグロの刺身が大皿に盛られている。

マンハッタンの下町、ユニオン・スクエア公園で、日曜日ごとにフリー・マーケットがひらかれる。近郊の農家が、野菜や、果物、搾りたてのアップル・サイダーなど持ち寄ってくる。東海岸の漁師たちは、マグロを運んでくる。まぎれもない黒マグロ、本マグロだった。しかも、びっくりするほど安い。アメリカ人は赤身を好んで食べる。トロの部分はグリーシー(脂っぽい)と嫌われ、ほとんど捨て値になる。だから日曜日ごとに、わたしたちは黒マグロのトロを腹いっぱい食べることができた。


家族ぐるみでニューヨークに移住してきたとき、息子はまだ四つだった。ダウンタウンの保育園から小学校に上がるとき、どこに入学させたらいいか迷った。世間では《最終学歴》が重視されるけれど、それは能力に応じて本人が決めるしかない。親にできるのは《最初学歴》を贈ることじゃないか。地上のありとあらゆる人種・民族が入り交じる小学校に入れてやりたかった。

それはどこか？

おそらく国連付属の小学校だろうと思って調べていくと、意外なことが分かってきた。国連の職員たちは超エリートなのだ。朝夕、ベンツで子どもたちを送り迎えしている。アフリカから赴任してきた職員も、母国に帰れば十数人の召使いがいる名家だという。学費は途方もなく高い。一介の小説家には、とても払えない。

あちこち見て歩き、ＰＳ41（パブリック・スクール41）に入学させることにした。グリニッジ・ヴィレッジにある小学校だ。校庭裏が、かつて詩人や画家たちの溜まり場だったという伝説のカフェと隣接している。ユダヤ系の子も、黒人の子も、金髪の子も、イスラム系の子も、中国人、韓国人の子もいる。これほど多くの人種が混在する小学校は（あの国連付属校以外）おそらく、ここしかないだろう。公立《パブリック》だから学費も安い。月にわずか一ドルだった。

だが一つだけ、やっかいなことがあった。給食はハンバーガーやホットドッグなど、圧倒的に肉が多い。それが息子にとって、少し苦痛だったようだ。わたしたちは菜食主義者ではないけれど、なるべく肉食を避けて、卵や魚でタンパク質を摂るようにしていた。

「どうして肉を食べなくちゃならないの？」

息子の目は、人間の業のようなものに触れかかっていた。

「ね、どうして？」

ついにこの日がやってきたのかという、奇妙な感慨があった。

「父さんも、肉が食べられなかったことがあるんだ」

わたしは《幽霊船》の出来事を話した。それから食物連鎖について話を継いだ。小さな魚を、大きな魚が食べる。もっと大きな魚がそれを食べる。地上も同じなんだ。鹿や牛が草を食べる。それを、ライオンや豹など、肉食獣が襲って食べる。世界の果ての果てまで、食物連鎖がつづいている。その頂点に立っているのが人間なんだ。ぼくたちは、ほかの生き物を食べて生きていくしかない。それが悪の根っこかもしれないと話しながら、わたしはクロポトキンの「相互扶助論」を思い浮かべていた。生きものは食いつ食われつしながら、それでも生態系においては互いに扶助しあっているという。少年時代からつづく肉食のやましさに答えてくれたのが「相互扶助論」だった。

「いいかい。たとえば無人島で二人きりになったとしよう。食べものもない。するとたぶん、父さんのほうが先に死ぬだろう。そしたら父さんを食べてもいいんだよ」

「…………」

息子は目を丸くしながら、こっくり、うなずいた。

アンデスの聖餐

わいわい、がやがや騒ぎながら、チャーター機に乗った。中型のプロペラ旅客機だ。おれたちは大学のラグビー選手で、チリのチャンピオン・チームと対戦しにいくところだった。チーム・ドクターや、応援の家族も乗っていた。総勢、四十五人。親善試合だから、まあ半分、観光気分だった。ウルグアイから飛び立ち、アルゼンチンの大草原をよぎってサンティアゴへ向かった。大西洋側から、太平洋側へ、南米を横断していくフライトだ。やがて、アンデス山脈へさしかかった。六〇〇〇メートル級の峰々が連なる南米大陸の背骨だ。ヒマラヤ山脈よりも遥かに長い。

途中で天候が崩れた。山脈の上空には、濃霧と雲がひろがり、視界はまっ白だった。三十回ぐらいアンデスを越えたというベテラン操縦士は、進路を北へ変えた。雪の山脈を越えて、すでに平地にさしかかっていると錯覚してしまったのだ。慣れからくる気のゆるみだった。

おれたちラグビー・チームは、葡萄酒やラム酒を飲みながら馬鹿騒ぎしていた。丸窓の外はまっ白だった。たまに雲が切れると、すぐ真下に、アンデスの峰々が白刃のように連なっている。氷の尾根すれすれに飛んでいたのだ。酔った眼にも、これはおかしいと分かる。

おい、おい、大丈夫かよ……。

操縦士もミスに気づいて、機首を上げようとしたが遅かった。片翼が峰にぶつかり、折れた翼が機体をまっぷたつに切断した。胴体は雪山の斜面を滑り、氷河の一角で静止した。尾翼は、どこかへ飛び散っていた。機首は砕け、操縦士たちは息絶えていた。

機内は修羅場だった。金属に腹を裂かれ、腸をこぼしている選手。俊足を誇る足の、太股やふくらはぎの肉をべろりと削《そ》ぎとられた選手。二十八人が生き残っていた。

おれたちは死体を運びだして、雪に埋め、十字架を立てた。

チョコレートや、キャンディ、魚の缶詰、チーズ、土産のつもりで持参していた蜂蜜などを食べながら飢えを凌《しの》いだが、八日目に、すべて食べつくした。

十六日目、夕闇の奥から、山全体が崩れるような音が轟いてきた。雪崩《なだれ》だ！

折れた機内にも雪が押し寄せてきた。

雪をかき分け、口を突きだし、必死に空気を吸った。七人が死んだ。おれたちは死者を運びだしたが、もう埋葬する気力も体力もなく、雪の上に放置した。

昼は、網膜が焼けそうな白銀の世界になる。夕陽が沈みかけると、アンデスの峰々が茜《あかね》色に染まっていく。もう食べものはない。おれたちは金属の破片で雪をすくい、陽光で溶かした水を飲みつづけた。飢えがくる。幻覚がくる。

“They Lived on Human Flesh”（邦訳「彼らは人肉で生きのびた」）というドキュメントで記憶を再確認すると、同行してきたチーム・ドクターは墜落のとき受けた傷が深く、ほとんど瀕死の状態だった。かれは、チーム・リーダーと目される二人を呼び寄せた。司令塔であるナンド・パラードと、医学生のおれだ。

「分かっていると思うが、餓死が近づいている」

医師は静かに切りだしてきた。

「わたしはもう長くない。死ぬ前に提案したい。ショックを受けるかもしれないが、絶対に必要なことを、きみたちにやってもらいたい」

「…………」

「いいかい、タンパク質が必要なのだ。死んでしまった仲間の肉を食べなければ、きみたちは栄養失調で、かならず餓死するだろう」

「…………」

「仲間の肉を食べるように、みんなを説得してほしい」

「タンパク質については、その通りですが……」

そうするしかないと知っていながら、おれはためらっていた。

「それから、きみたちは自分の尿も飲まなければならない。尿には、雪を溶かした水にはない有機塩類や、ミネラルが含まれている。タンパク質も含まれている」

分かっているだろう、と医師はおれを見つめてくる。

「いいかね、わたしが死んだら、遠慮なくわたしの肉を食べてくれ。誇りをもって、自分の体をきみたちに捧げるよ」

「…………」震えがきた。

おれは頭が痺《しび》れたまま、ただ、やるべきことをやってきた。記録によると、医学生のカネッサ、つまりおれがチームメートを説得したそうだ。強制するのではなく、科学的に、冷静に語りかけたとある。

「このままでは餓死するしかない。生き延びる方法は一つしかない」

恐ろしくて口にはしないけれど、全選手がすでに考えていたことだった。雪上の凍った死体を食べるしかない。

「カニバリズムじゃないか」

人肉食は嫌だと首をふる選手もいた。

「いや、そうじゃない」おれは穏やかに説得した。「人肉を食べるために人を殺すのがカニバリズムだ。だが、おれたちは、だれも殺そうとしていない。そうだろう」

「…………」

選手たちは、ついに同意した。無意識を受け入れたのだ。それは、自分が死んだとき食べられてもいいという黙約を含んでいた。

だが、難題がひかえている。だれが仲間の死体から肉を切り取るのか。

「おれがやるよ」

医学生のおれがやるしかない。解剖の実習もしてきたから。

最初に、どの遺体から手をつけるか。おれたちの意見は一致していた。まず、操縦士だ。あいつらの判断ミスで、こういう事態になったのだから。

おれはカミソリの刃を、操縦士の肉に入れた。まず、足のふくらはぎ、外部ヒラメ筋の接合部腱を切り、もっと内部の脛骨筋も切り、脂肪の少ない肉を取りだした。さらに外側股筋、大腿二頭筋、大臀筋、背中の筋肉……と、外科手術のように切り取っていった。カミソリについたあぶらは氷河でこそぎ落とした。


肉の切り身を飛行機の梁《ビーム》にかけて、床の容器に、あぶらを滴らせた。膏薬や治療薬として活用できるかもしれないと思ったからだ。あぶらの抜けた肉を、ひも状に切り、さらに細かく切り刻んで、丸薬のかたちに丸めていった。人肉食へのこだわりを軽くして、飲み込みやすくしたのだ。

「嚙《か》まなくてもいいんだ。ビタミン剤のカプセルだと思って、飲み込んでくれ」

最初の丸薬は、おれが口にした。みんな、それにつづいた。一人だけ、こっそり吐きだす選手がいた。いったんは人肉食に同意したが、やはり拒《こば》んだのだ。やがて、かれは精神錯乱を起こしながら死んでいった。

生き残っているのは、十六人だ。

生肉の丸薬を飲み込んだ者たちは、みるみる回復して、目まいや、頭のもうろうとした状態が減少していった。おれ自身も同じだった。思い知らされたよ。人間はこんなにも物理的な生き物なのか。

二冊目のドキュメント“SURVIVE!”（邦訳「アンデスの聖餐」）によると、歯みがき粉まで食べたとある。凍った遺体を日なたに置いて、肉をやわらかくしたとも記されている。ああ、確かにそうだったな。そして、ここで《斧》が出てくる。クラッシュした操縦席の後ろに袋があり、ステンレスの《斧》が入っていた。不時着してドアが開かないとき、叩き割って脱出するための道具だ。

おれは、その《斧》を使って仲間を解体するようになった。肉と内臓は、ガラス片やカミソリでなんとかなるが、脳だけは《斧》を使わなければ取り出せない。タンパク質の宝庫である脳を、むだにするわけにはいかない。おれたちは操縦士やチーム・ドクター、仲間の脳を食べた。そうして七十二日間、生き延びたのだ。

二冊目の記録には、人肉食について歴史的な事例が列挙されている。有史以前、われわれヒトが共喰いしていた証拠は無数にある。北米のオジブワ・インディアンは、野牛の肉よりも人肉を最高のごちそうと見なしていた。

人肉は、おいしいそうだ。

おれたちがアンデスで遭難したころ、世界には、まだあちこち人肉食の習慣が残っていた。パプアニューギニアでは首狩りをやっていた。だれかが、他の部族に殺される。すると、殺された側の部族は復讐をする。そのまた復讐、さらにそのまた復讐と、堂々巡りがつづいていた。人肉食もあった。敵の勇士を食べることで、自分の肉体も霊力も強くなると信じていたのだ。《食葬》もあった。老いて死にゆく者は、自分の体のどの部分をだれに食べてもらいたいか、遺言するのだという。

さらに西アフリカ、中央アフリカ、南米の奥地、メラネシア、ポリネシア、スマトラなどで人肉食はつづいていた。天明の飢饉のときは、若い娘たちが食べられることもあった。欧米も例外ではない。一〇三〇年、フランスで起こった飢饉のとき、市場では公然と人肉が売られていた。革命後、ロシアでは長い飢饉がつづき、人肉食事件は無数に報告されている。

アメリカで最も有名な事件は、一八四六年の《ドナー隊事件》だった。幌馬車を連ねて、カリフォルニアを目ざして行く八十七人のグループが、凍った湖、ソルト・レイクの畔《ほとり》を過ぎてシェラネバダ山脈を越えようというとき、史上最悪といわれる極寒にぶつかった。

木と毛皮の粗末な小屋で、かれらは吹雪の冬を越そうとした。馬も牛も食べ尽くして、凍死者、餓死者が続出した。生存者たちは、ついに死者の肉を食べはじめた。隊長のドナーも死んだ。夫人は決して食べようとせず、ただ夫の遺体を切り刻んで、子供たちに食べさせた。救助隊が駆けつけたとき、子供らは父親の心臓や肝臓を食べていたという。

三冊目の記録“ALIVE”(邦訳「生存者」)には、もっと恐ろしいことが記されている。おれたちラグビー選手たちは、人肉を食べることに慣れきってしまったのだ。仲間の脳を取りだすため、額に切れ目を入れて、頭皮をくるりと後ろにめくってから頭蓋を割った。選手たちは人骨でスプーンを作り、さらに四つの頭蓋骨をボウル代わりに使っていた。

どくろ杯だ。

四冊目の“MIRACLE IN THE ANDES”(邦訳「アンデスの奇蹟」)には、人肉食に至る心的な葛藤が、かなり詳しく記されている。皮肉なことに、おれたちのチームの名は出身校にちなんで「オールド・クリスチャンズ・ラグビー・クラブ」だった。だから神学問答めいたやりとりも出てくる。旧約聖書の申命記二十八章に、「あなたは敵に包囲され、追いつめられた困窮のゆえに、あなたの神、主が与えられた、あなたの身から生まれた子、息子、娘らの肉をさえ食べるようになる」と記されている。あいまいな記述だ。息子、娘らの肉を食べてもいいと言っているのか、禁止しているのか分からない。

おれ自身、カミソリで肉を切り分け、雪に染みていく赤い血を見つめながら、最後の晩餐の葡萄酒を思い浮かべていた。友の肉を切り取りながら、キリストの肉であるパンを思い、これから《聖体》を食べるのだ、な、そうだろう、と自分に言い聞かせていた。

四冊目の記録には、もう格別、目新しいことはない。ただ二枚の写真に、目を瞠《みは》った。「オールド・クリスチャンズ」の現役選手たちが、ずらりと勢ぞろいしている。最前列の選手たちは、中腰のままグラウンドに右膝をついている。タックルしようと、いまにも飛び出しそうな前傾姿勢である。みんな若く、筋骨たくましい。そのうちの六人を、おれは解体して肉を切り取り、《斧》で頭蓋を割ったのだが。

もう一枚は、いまのおれたちの写真だ。生き延びた十六人は、毎年、あの墜落事故の日に集まって《生存者再会の宴》をひらく。みんな五十代で、腹が出かかっている。それでも最前列の連中は腰を落としながら、右膝を芝生につけている。写真をよく見ると、ただ一人、おれだけが、アンデスの雪のような白髪だ。

あれから三十二年の月日が流れたのだ。おれも結婚して、いまは小児心臓病の専門医だ。この分野では第一人者と目《もく》されている。「オールド・クリスチャンズ・ラグビー・クラブ」の会長も務めている。成功した医師と見なされているだろうが、夕焼けのときなど、おれはカミソリや斧を手にしながら、氷河の隅っこに佇《たたず》んでいるような気がする。

養老渓谷

房総半島に住んだことがある。地球をひと巡りして帰ってきた二十七の頃、かや葺《ぶ》きの空《あ》き家を借りて、独り暮らしをしていた。テレビもない。ラジオも、新聞もない。ほとんど毎日、庭に生える青紫蘇をきざみ、バター炒めのスパゲッティにからめて食べていた。

自転車に乗って、養老川へ出かけることもあった。緑の深い渓谷だった。海に注ぎ込む河口まで辿ってみたいと思いながら、果たせなかった。それから四十年ほど過ぎた、ある日、こんな新聞記事にぶつかった。

――地球の磁気は、何十万年という単位で、S極とN極が入れ替わって地磁気逆転《ポールシフト》をくり返している。北極を指し示す星も変わる。七十七万年前にも地磁気が逆転して、いまのようになった。その証拠が、養老渓谷の崖にある。

「見に行こうか」妻を誘うと、

「西川さんに会えるかもね」と乗り気になった。

東京駅で内房線へ乗りかえ、さらに小湊鉄道に乗り継いだ。半島を斜めに縦断していく一両だけのディーゼル車だ。鉄道マニアたちに人気の高い路線だという。

七月、車窓は緑の洪水だった。水田と森がつづく。《月崎》という駅で降りた。小さなホームに、吹きぬけの屋根があった。駅長さんが脚立に登り、梁《はり》に、風鈴を吊るしていた。八十個ぐらい、すべてガラスの風鈴だった。さざ波が涼しく頭上を流れていく。

縄文土器が出土するという丘陵を降りていった。水音が聞こえる。縄文人たちはこんな川のほとりで暮らしながら、鹿を追い、猪を狩り、火焔が渦巻く土器を焼いていたのか。渓谷は深い。よろけながら水辺に降りた。養老川は緑や雲を映しながら流れていく。水中の岩に、あちこち白い貝の化石が露出している。かつて海底が隆起して、この半島が生まれたのだという。

水辺に黒い崖があった。じっとり濡れている。やわらかい泥岩だから、水がしみ出してくるのだろう。ここに地磁気の逆転した証拠があるそうだが、さっぱり分からない。ただ崖の上部に、白っぽい地層が薄く、細長くのびている。七十七万年前、御嶽山が噴火して火山灰が降りつもったのだ。地磁気が逆転した頃とぴったり重なっているから、目印になる。

ポケットに入れてきた磁石《コンパス》を押し当ててみた。S極、N極の針が、くるくる狂ったように回りだすのではないかと思っていたが、ぴくりともしない。地磁気の逆転は、精密機器でしか感知できないらしい。《主な地質年代区分》という立て看板があった。古い順から、次々に上へ重なっていく。

カラブリアン
ジェラシアン
新第三紀
古第三紀
白亜紀
ジュラ紀
三畳紀
古生代
先カンブリア時代

地磁気が逆転した七十七万年前から以降は、まだ名称が定まっていない。その空白の地質年代を養老渓谷の崖にちなんで《チバニアン》にしようという気運が、国際学会で高まっているという。ジュラ紀や白亜紀にならんで、《チバニアン＝千葉時代》という名称が生まれるかもしれない。画期的なことだ。

ところが、異を唱える立て看板もある。最初に、この地層研究に取り組んだ名誉教授と、現教授が対立していると新聞にも書かれていた。この崖は私有地である。名誉教授は崖の貸借権を持っていて、ほかの研究者を寄せつけない。

自由に調査ができなければ、国際学会は《チバニアン》という名称を認めるわけにいかない。双方の看板を読んでいくと、学問的な名誉、手柄をめぐるトラブルらしいと想像がつく。ああ、やれやれである。

夕方、養老渓谷温泉に宿をとった。露天風呂に身を沈めた。水面は緑を映しているが、湯を掬《すく》うと、鉄錆の色だ。黒湯と呼ばれている。房総半島は海底が隆起して出来たのだから、プランクトンや、貝、アンモナイト、古代魚など、生き物の鉄分が堆積しているのだろうか。

湯からあがり、浴衣を着て夕食についた。刺身や、鮑《あわび》、渡り蟹、山菜、鹿肉、猪鍋がならんでいる。どれから箸をつければいいか迷っていると、

「こんな旅館に泊まるの、初めてね」

ぽつんと妻が洩らした。

「そうだな」

わたしたちは長く異国で暮らし、子育てをしながら、北米、中南米、カリブ海、欧州、アフリカなどを巡ってきた。子連れのバックパッカーのような旅であった。温泉旅館の浴衣など着て、山海の珍味を囲むのは初めてのことだ。

「モロッコで、ラマダンにぶつかったわね」

「大変だったな」

イスラムの《断食の月》がきて、街中の食堂、レストランがいっせいに店を閉じてしまったのだ。幼い息子に何か食べさせなければならない。わたしはマラケシュの街を駆けずり回り、必死に食べものをさがした。市場の隅っこで、半開きにしている店を見つけて、ビスケットや缶詰など手に入

れ、どうにか急場を凌《しの》いだ。

「サハラには行けなかったね」

「ああ」

サハラ砂漠を見せると息子に約束して、レンタカーを借りに行った。マラケシュからアトラス山脈を越えると、サハラである。だが、旧式の車しかなかった。わたしは若い頃から、オートマティックの車しか乗ったことがない。ギア式の車は運転できない。

「あの子、黙ってたわね」

「情けなさそうに」

その後、NYのジュニア・ハイスクールに通うようになり、好きな女の子がいるんだけど、どんなふうに近づいたらいいか分からないと相談された。わたしは答えられなかった。アメリカの中学生がどんなふうに初デートするのか、見当がつかなかったのだ。その時も、息子は目を伏せて黙っていた。そんな思い出を語りながら、わたしは迫りくる晩年を予感していた。

＊

翌朝、西川さんが小型トラックで迎えにきてくれた。細身で、よく日焼けしている。洗いざらしのジーンズに、枯草色のTシャツ。灰色の髪を束ねて、髷《まげ》を結っている。かれは夜のニュースを担当する、テレビ局の花形ディレクターだったが、業界人には珍しく、静かで、内省的な人であった。

以前、わたしたちは《東京自由大学》というフリースクールに関わっていた。かれはシュタイナーの人智学の講座を担当していた。深い交友があったわけではないが、ひそかに同志的な思いがつづいていた。ところが西川さんは、ふっと姿を消した。妻が乳ガンで余命宣告されたとき早期退職して、二人のふるさと、房総半島にひき隠《こも》ったのだ。

毎年、太い乳白色の蓮根が送られてくる。西川さんは蓮根農家になったのだ。輪切りにして、てんぷらにすると飛びきり旨い。食べながら、いつか、かれの蓮池に入ってみたいと思っていた。

古代蓮も、房総半島で見つかっている。海辺の湿地帯を発掘しているとき、丸木舟と、六本の櫂《かい》が出土した。放射性炭素年代測定をすると、縄文時代のものだ。さらに二隻、出土してきた。東京湾が奥まったそこらは、かつて舟だまりだったらしい。

三粒、蓮の実が見つかった。栽培すると、一粒が発芽して、みごとに開花した。その種が日本各地の蓮池へ移植されて、繁り、淡いピンク色の花をつけるようになった。

ピラミッドの王の柩《ひつぎ》から、蓮の種が見つかったこともある。妃か王子が、花束を手向《たむ》けたのだろう。その種を植えると、何千年という月日を越えて、芽吹き、開花した。ミイラの王は再生しないけれど、蓮の花は甦《よみがえ》ったのだ。

わたしは蓮池が好きだ。もしも金持ちになれたら、モネのように自分の庭に大きな蓮池をつくりたいと夢想してきた。モネは睡蓮だが、わたしは縄文の古代蓮にしたい。まあ、叶えられる日はないだろうが。


小型トラックで、半島の内陸部を走った。丘も、森も、山も、青々と膨らみながら、夏空へ盛りあがっている。樹木の長いトンネルがつづく。真昼なのに、木洩れ日がちらつくだけで出口は見えなかった。ようやく長南町に入った。かつて水田だったと思われるところや、斜面の棚田に、蓮の花がいっせいに咲き乱れている。まるで桃源郷だ。

「蓮池だらけですね」

「いや、蓮池ではなく、蓮田です。水を引いていますから」

西川さんは、さりげなく訂正しながら、

「米の減反政策が始まったとき、村中で話し合って、水田を蓮田に変えたそうです」

「水田をつぶすのは忍びなかったのでしょうね」

「ええ、先祖代々の田んぼですから。蓮田なら、いつかまた水田にもどすことができます」

蓮の花は、白から淡いピンク、濃いピンク色と、精妙なグラデーションになっている。

「あの白い花が、食用の蓮です」

と西川さんが指さす。

「ピンクの花も交じっていますね」

「花粉が飛んできて、ピンク色の花が咲くのです」

「雑種化して？」

「蓮根農家にとって、ほんとに困ったことなんですよ」

西川さんは、蓮田のそばにトラックを止めた。荷台に作業着が積まれていた。ゴム製の繫ぎのような服だった。乾いた泥がこびりついている。両足を入れて、胸もとまで引き上げた。

「これを持って」

竹竿を手渡された。背丈ぐらいの太い青竹だ。

蓮田の畦道《あぜみち》を歩いた。裸電線が低く張りめぐらされている。猪を入れないため、電流を流しているのだという。猪は百合根など根菜が好物だという。蓮田にも侵入して、蓮根をバリバリ喰らうのだろう。

電線をまたいで、蓮田に入った。足が沈んでいく。太股まで泥水に浸かり、ようやく着地した。だが、歩けない。ゴムの靴底が泥に沈んでいる。けんめいに引きぬきながら、一歩、踏みだす。次は左足だが、動かない。

蓮の茎を搔き分けながら、五、六メートル進んだきり、動けなくなった。頭上に、蓮の花が咲き乱れている。雲もそびえている。あまりにも白く輝き、青空が黒く見えた。水の惑星から湧きたつ積乱雲。泥に浸かって立ち往生したまま、青竹にすがり、ぼうっと青空を仰いだ。咲き乱れる蓮の花から、かすかに甘い香りが漂ってくる。

ぼんやりとした不安

吹雪のなかを走りつづけた。視界はまっ白だった。うつら、うつら、睡魔がやってくる。車を止め、雪を掬《すく》って顔を洗った。降りしきる雪のなかに、暗緑色の恐竜が立ち止まっていた。背中に雪が積もっている。

「目を覚ましたとき、恐竜はまだあそこにいた」

という一行が浮かんでくる。南米ペルーの作家バルガス＝リョサが「若い小説家に宛てた手紙」という本で、世界で一番短い小説を紹介している。わたしは梶井基次郎の「桜の樹の下には」という小説こそ、世界一短い名作だと思っている。腕時計を添えながら何度か試してみたが、わずか二分で読める。ところがバルガス＝リョサが紹介しているのは、中米グァテマラの作家が書いた「恐竜」という、ただ一行だけの小説だ。リョサは、その一行を次々に変奏していく。

「目を覚ますと、そこにまだ恐竜がいる」

「目を覚ますと、恐竜はまだあそこにいるだろう」

おそらくバルガス＝リョサは、時間・空間を意識する、その意識そのものについて語ろうとしているのだろう。わたしも目覚めたとき、自分がだれか、ここがどこか分からない瞬間がある。意識が自分らしさに繋がるまで、十秒かそこらの空白がある。幻の恐竜はそこを往き来している。

恐竜の足もとに車を止めた。《恐竜メモリアル・パーク》入口の駐車場だった。暗緑色の恐竜は、ステゴサウルス（剣竜）の等身大と思われるレプリカだった。丘を登りながら足もとの雪を掻き分けると、黄褐色の岩が露出してくる。堆積岩だろうか。ここらは恐竜化石の宝庫であるが、茫々と雪が降るばかりで、まったく何も見えない。あきらめて丘を降りた。FOSSIL（化石）という看板をかかげる売店がならんでいる。鉱物が好きな息子に三葉虫の化石でも買っていきたいけれど、どの店もシャッターが降りていた。

吹きさらしの十字路に、ガソリン・スタンドがあった。こんなところでガス欠になったら、吹雪に閉じ込められて凍死しかねない。車を寄せると、がっしりとした初老の大男が出てきた。「満タン」と告げてから訊ねてみた。

「どこか、化石を買えるところはありませんか」

「どうして？」

大男はガソリンを注ぎながら訊き返してくる。静かな目だ。荒野のガソリン・スタンド経営者にしては、知的すぎる印象があった。わたしは、恐竜がなぜ滅びたのか追跡していることを話した。

「では、従《つ》いて来なさい」

大男は四輪駆動のジープに乗って走りだした。

後を追った。新築の大きな家に着いた。駱駝《らくだ》色のワーキング・ブーツをはいたまま家に上がっていく。書斎ともスタジオともつかない部屋に通された。

スチール製の棚に、ぎっしり化石がならんでいる。アマチュアの蒐集家だろうか。

棚からトレイを二つ抜き取ってデスクに置いた。

「どれでも好きなものを持っていきなさい」

そっけない口ぶりだが、手ぶらで帰すのは気の毒だからという気配が感じられた。

トレイには、樹木の化石、恐竜の歯、脊椎や爪のかけらなど、半端な化石が雑然と積まれていた。

一つ、奇妙なものが交じっていた。化石ではない。つるつるに磨滅した石ころだった。手術で摘出された内臓か胆石のように、ぬらりと光り、赤紫の血合いのようなものが網状に走っている。

手に取ってみた。血か脂がとろりと滴ってきそうな気がしたけれど、ひんやりと硬い。

「ダイジェスティング・ストンだ」

消化の石、と男は言った。

鶏などは石粒を飲み込んで、消化に役立てる。《胃石》である。恐竜たちも《胃石》を飲み込んでいたと言われている。

幼児のこぶしぐらいの石ころだった。巨大な恐竜にとっては、砂粒のようなものだろう。

「どうして、ダイジェスティング・ストンだと言えるのですか」

わたしは疑っていた。水にもまれて、つるつるに磨滅した河原の石ころかもしれない。

「ダイジェスティング・ストンだと断定するには、二つの条件がある」

「…………」

「まず、恐竜のあばら骨の下、胃のあたりから出土してくること。次に、そこらの地質、岩石とまったく異質であること」

「…………」

「いいかい、この石ころは石英を主成分にしている。ところが、ここらの丘は堆積岩なんだよ。つまり恐竜がどこか他の場所で飲み込んで、ここまで歩いてきたとしか考えられない」

十年ぐらい過ぎた。わたしは依然として恐竜にこだわっていた。恐竜はなぜ滅亡したか、なぜ集団絶滅してしまったのか知りたかった。先人の遺書にある《ぼんやりとした不安》という言葉が胸でくすぶっていた。

そんなある日、"THE RIDDLE OF THE DINOSAUR"（恐竜の謎）という一冊にぶつかった。ニューヨーク・タイムズの科学記者が書いた、浩瀚《こうかん》な入門書だ。ダイジェスティング・ストンについての記述もあった。

「ある種の恐竜は、鳥類の多くが消化を助けるために砂利を飲み込むように、小石を飲み込んだらしい。竜脚類の骨と一緒に、なめらかな石が発見されることがよくある。これはガストロリス＝胃石と呼ばれている」


さらに一枚の写真に目を瞠《みは》った。掘り出した恐竜の肩胛骨に、がっしりした大男がワーキング・ブーツをはいたまま添い寝している。化石の大きさを示すためだ。顔も、体つきも、まさにあのガソリン・スタンドの経営者だった。通称《恐竜ジム》と呼ばれる古生物学者だという。

かれの経歴は、アカデミズムとはまったくかけ離れている。学歴も学位もない。アラスカなどをさまよい、仕事を転々としながら独学で古生物学を学び、だれよりも多くの化石を発掘して《恐竜ジム》と呼ばれるようになった。独学者でありながら、ユタ州のブリガム・ヤング大学の古脊椎動物学研究所の所長になり、一九八三年に退職したとある。

わたしが出逢ったのは、その翌年にあたる。かれは常々、こう語っていたという。

「ここらの大地に、恐竜の化石が埋もれていることは分かっている。だが、あてもなく掘るわけにいかないだろう。どこかに化石が露出しているという噂を耳にしてから、わたしは発掘に向かうんだよ」

荒野で噂が集まる場所は、限られている。かつては駅馬車が止まるステーション。いまは自動車が止まるガソリン・スタンドだ。《恐竜ジム》は退職後、噂をキャッチするため、吹きさらしの十字路にガソリン・スタンドを建てたという。

＊

噴火湾のほとりから、縄文人の骨が出てきたことがある。隆起してきた熔岩が火口壁となって聳《そび》えていく途中、ひび割れ、洞穴ができた。そこに十数体の骨が見つかった。ごちゃごちゃに重なっていた。それらの骨は県立博物館へ運ばれ、さまざまな断片を繋ぎあわせ、やがて一つの骨格として復原された。恐竜の骨格のように。眠れない夜、故郷の焼酎を啜《すす》りながら、幻の《恐竜ジム》と語り合うことがある。

——あのダイジェスティング・ストン、いつもデスクに置いています。

——そうかい。

——ぼくのデスクは、サハラ砂漠で採《と》れた、五億年前の海底の化石板です。

——先カンブリア時代だな。まだ恐竜が生まれていない頃だ。もちろん哺乳類も、人類も現れていない。

——ええ、化石板はアンモナイトの化石だらけです。直径二五センチぐらいのものから、小指の爪ぐらいのものまで、ぎっしり渦巻いています。

――おい、ちょっと待てよ。アンモナイトが出現してきたのは、四億年ぐらい前だぞ。

――あ、そうですか。五億年前という化石商の言葉を鵜呑《うの》みにしていました。

――たぶん、三畳紀かジュラ紀だろうな。

――その化石板にパソコンを載せて書きつづけています。ヒマラヤの聖者から頂いた石英と、あの《胃石》をならべています。

――………。

――石英は半透明で、ヒマラヤ山頂の氷を削り取ったように、ひんやりしています。《胃石》は内臓のように生々しく、とろりと光っています。

――恐竜滅亡の原因を知りたいと言っていたな。

――ええ。

――きみ自身は、どう思う？

――仮説が多すぎて混乱しています。

――たとえば？

――地震、洪水、火山活動、感染病、隠花植物に代わって顕花植物が増えたから、超新星の爆発、地球の地磁気が逆転したから。

――だが、どの仮説も、集団絶滅の原因をカバーできない。海に棲んでいた海竜も、空を飛んでいた翼竜も、いっせいに滅びていったのだから。

――ところが、小惑星が地球にぶつかってきたという新説が現れて……。

――そう、それだよ。六五〇〇万年前、小惑星がぶつかってきた。泥や土が舞いあがり、黒雲のように地球をおおった。光りが射さないから、海水が冷たくなって海竜が滅びていく。地上の植物も枯れて、草食恐竜が滅びていく。それを捕食していた肉食恐竜も滅びていく。

――その小惑星は、どこに落ちてきたと思いますか。

――きみは、どこだと思うかね。

――インドのデカン高原じゃないでしょうか。


最大量の熔岩が地上に溢れてきたのが、デカン高原だ。小惑星が激突して、そこから地中のマグマが噴出してきたと考えると、辻褄《つじつま》が合う。

デカン高原には、エローラの遺跡がある。熔岩の山を掘りぬいた石窟寺院だ。多くの仏僧たちが素足で踏みしめてきた岩の床は、なめらかに磨滅して、ひんやり黒光りしている。もう光りが届かない行き止まりに、仏陀が坐っている。宇宙の物理性や無を背負いながら、ここまでだ、お前たちは、もうここから先は行けないと、さえぎるように掌《てのひら》を立てている。その足下に、寝袋を敷いて眠ったことがあった。


――いや、デカン高原じゃない。メキシコ・ユカタン半島の沖に落ちてきた。

――小惑星が落下してきたという証拠は？

——イリジウムだよ。万年筆のペン先などに使われている希少金属《レアメタル》だ。宇宙から降ってくるチリや隕石、小惑星などに含まれている。

——…………。

——そのイリジウムが、世界中、六五〇〇万年前の地層に堆積している。恐竜滅亡の時期と、ぴったり重なっている。

——人類も滅びるのでしょうか。

——いいかい、恐竜の時代は一億六〇〇〇万年つづいた。人類史は五〇〇万年かそこらだろう。チバニアンは、ずっとずっと後のことだ。人類はまだ始まったばかりなんだよ。

幻の《恐竜ジム》は、巨大な肩胛骨に添い寝しながら見つめてくる。小惑星が落下してきたせいで恐竜が滅びたというのは、いまとなっては常識だが、当時はまったく奇想天外な珍説であった。《恐竜ジム》は、だれよりも早く、それを認めたのだ。わたしはふるさとの焼酎に酔いながら、うつら、うつら蓮池の泥へ沈んでいく。夢の中で視覚は鮮烈だが、なぜか嗅覚はない。頭上で咲き乱れる蓮の花は匂ってこない。

三番目のルーシー

洞窟からアフリカが見える。海峡の向こうに、青く、淡くかすんでいます。風の強い日は、砂嵐の色に変わります。ここはイベリア半島、南端の洞窟。アフリカはすぐそこ、たった十数キロですけれど、わたしらは海を渡ることができない。舟を作る知恵がないから。

最初のルーシーが、イチジクの木から落ちて湖の畔《ほとり》に埋もれてから、三〇〇万年ぐらい過ぎました。ルーシーは、身長一メートル～一・二メートルぐらいの《猿人》でした。それから、ホモ・エレクトゥス《原人》が誕生して、いくつかの群れがルーシーの頭上を通り過ぎていったそうです。

アフリカの大地溝帯を抜けてから、おそらく紅海の浅瀬や、サハラの東岸を渡り、中東をよぎり、深い森におおわれていたヨーロッパへ進出していったはずです。出アフリカは何波にもわたってくり返され、遠く、東の果てまで歩いて行った群れは、やがて北京原人や、ジャワ原人になったそうですね。

故郷のアフリカでは、新しいヒト（ホモ属）が誕生しては、滅び、また次々に別の群れが出現していたみたいね。ヒトは、とても弱い。牙がない。鋭い爪もないでしょう。だから草原をうろついて、肉食獣が食べ残した死肉を漁っていたの。猿の子孫ですから、わたしらは五本指です。石ころをつかめます。死肉の背骨を、石で叩き割って骨髄をすすります。脳も食べます。

最初のルーシーの脳は、夏ミカンより小さめだったけれど、わたしらの脳は三倍ぐらい。タンパク質の宝庫である骨髄をすすってきたからでしょうね。それに、狩りは集団行動です。どうしても言葉が必要になります。そうして、わたしらの脳はぐんぐん大きくなっていったそうです。

新しいヒトの群れも、出アフリカをつづけました。十万年ごとにやってくる氷河期を生き延びながら、わたしらの体はゆっくり、ゆっくり変化して、やがてヨーロッパの先住民になっていきました。黒い肌はすっかり白くなって、髪は赤毛か褐色で、筋骨たくましい体型です。男たちは身長一六五〜六センチ、わたしら女は一六〇センチぐらい。

手足は短めです。体温を逃がさないように、がっしり、ずんぐりした体型になっていったの。鼻の孔《あな》も開いています。氷河期の空気を、鼻で温めてから肺に送っていたから。わたしらにはまだ《原人》の名残があって、眼窩《がんか》の上の骨が高く隆起しています。

えっ、わたしらとはだれのことかって？　うーん、あなたらホモ・サピエンスとはちがう種類、たとえて言えば《ミトコンドリア・イヴ》に辿りつくまで、女たちすべての長い、長い、霊の行列。それが、わたしらです。どう呼ぶべきか困ると言うなら、とりあえず、ルーシーでもいい。《三番目のルーシー》だと思ってくださいな。

言葉の数は少ないけれど、わたしらは話せますよ。直立歩行してるから、背骨も、首もまっすぐ。だから喉の仕組みも、あなたと同じです。わたしらネアンデルタール人の脳は、一四五〇ccから、一五〇〇cc以上。ホモ・サピエンス＝知恵ある人と自称してる、あなたの脳よりも大きかったの。

脳って、とても不思議。オーストラリアの先住民アボリジニは、二十世紀になっても、狩猟採集生活をしていました。でもね、アボリジニの脳はあなたとまったく同じ大きさです。石器時代そのままの暮らしなのに、なぜか、必要以上の大きな脳がすでに出現してたの。アボリジニは、使い方が分からない大きなコンピュータを頭に抱えて、草原やブッシュをさまよいながら狩りをしてたわけよね。でも、アボリジニの赤ちゃんを文明社会に連れてきて育てると、たちまちコンピュータを使うようになるんですって。

わたしらネアンデルタール人は、もっと大きな脳を抱えながら狩猟生活をしていました。根っからの狩人です。棍棒や、石器をくくりつけた槍で体当たりして、アカシカや、ガゼル、トナカイなどを倒していたの。だからわたしらの男は、いつも、あちこち骨折だらけ。マンモスは敬遠していました。食べたいけれど、あんな巨大獣を仕留める武器も、知恵もなかったから。わたしらは獲物の肉を焼いて食べる。もちろん、火を使ってたわよ。火打石や白鉄鉱で火を熾《おこ》せる。だから、氷河期を生き延びることができたの。

ええ、人肉を食べることもありました。吹雪に閉ざされて、飢えがつづく長い冬、ほかの群れと闘い、殺し合い、その肉を食べたりしていました。あなたたち、見つけたでしょう。石器で肉をそがれて、傷だらけになった人骨を。焼かれて黒く焦げた人骨も見つけて、ぞっとしながら、わたしらに幻滅したでしょうね。共喰いする、おぞましい野蛮人だと思ったはず。でもね、人肉食をする一方、わたしらは仲間を手厚く葬ってきました。きちんと死者を埋葬したのは、わたしらが初めて。穴を掘って遺体をよこたえ、野の花を供えました。あなたらは見つけてくれましたね。墓穴に堆積している野草の花粉を。

幼いまま死んでいった子供らの胸には、鹿の角が置かれている。その意味も察知してくれました。鹿の角は、毎年、新しく生え変わってきます。死んだ子に、再生してきて欲しいという願いが込められていることに気づいてくれたのです。そう、人肉食するわたしらの脳裏には、死後の世界や、魂、来世、永遠といった思いが、おぼろげながら浮上しかかっていたのです。それを汲み取ってくれて、ありがとね。

仲間の墓を掘り返して、白骨化した頭蓋骨を取りだし、石ころを盛った祭壇に供えることもありました。眼窩の上がぐっと隆起して、頭頂が丸い。一五〇〇ccぐらいの空洞。わたしらは、頭蓋骨を尊いものと思っていました。笑いさざめいていた日々、戦闘、焚火にパチパチと脂が滴っていく肉の旨さ。獲物がとれない冬の苦しみ。セックス。産声。春の大地を黄色く染める野の花。そんな思い出がぎっしり宿っていた仲間の頭蓋骨を、大切に拝んでいたのです。

吹雪の夜、わたしらは洞窟で火を囲み、身を寄せ合いながら老人たちの話に聞き入ります。この世界はどうやって出来たのか、わたしらはどこから来て、どこへ行くのか。ただのお話のようですが、心が落ちついていきます。茫々と果てしなくひろがる世界、永遠のどこに、いま、わたしらはいるのか。それなしでは迷子のように不安でたまらない道しるべ、心の地図みたいなものです。草原や森で出くわす恐ろしい肉食獣を、たとえば、あれは《ライオン》、あれは《黒豹》と名づけながら言葉の網に捕らえていきます。すると不思議なことに、恐怖が薄れていくのです。言葉って、ほんとに不思議。

出アフリカは、延々とつづきました。かなり遅れて中東やヨーロッパにやってきた新しい群れもいます。それがサピエンス、あなたたちです。でも、わたしら旧人＝ネアンデルタール人と、サピエンスが闘った形跡はほとんどありません。遺伝子を調べても、ほとんど交配していない。ごくわずかしか混血していないそうです。広大な天地で棲み分けながら、何十万年も共存してきたのでしょうか。それでも、わたしらは追いつめられていきました。

背丈はともかく、筋肉はあきらかに、わたしらのほうが勝《まさ》っていました。一対一で闘えば、わたしらの男が圧勝したはず。脳だって大きかった。でも、使い方を知らなかった。あなたたちサピエンスは、言葉の力も、狩猟の技もすぐれていた。槍の尻に革ひもをかけて、遠くまで飛ばすことができた。マンモスを追いつめ、崖から落として殺す。そんな戦略的な知恵もありました。言葉こそ、脳を巧く使うマスターキーだったのかもしれませんね。

わたしらは、サピエンスに猟場を奪われ、じりじり先細りしながら、滅びへ向かっているようです。一つ、また一つ、群れが消えていきます。どうして滅びていったのか。人肉食をつづけてプリオンに感染したとか。共喰いによる狂牛病みたいなものね。それから小さな群れで近親相姦がくり返され、病気に弱くなって、出生率が低下していったとか。どれもあてになりませんが、あるいは、疫病のせいかもしれませんね。

いま、わたしらは、イベリア半島の南端に追いつめられています。ここは石灰岩の洞窟です。貝殻など、わたしらの骨と同じ炭酸カルシウムが海底に堆積して隆起してきた地層。ここの洞窟に、わたしらは何世代も隠れ住み、浜辺をうろついて貝を漁り、魚を突き、細々と生き延びてきました。このわたしも洞窟で生まれ、初潮を迎え、乳房がふくらみ、子を産んできました。けれど、群れは小さくなっていくばかりです。どうやら、わたしらの群れが最後のネアンデルタール人のようです。

夜、ごうごうと海鳴りがやってきます。洞窟で焚火を囲みながら、老人たちの話に耳を澄ましますす。けれど言葉の力は衰えて、もう心の地図の道しるべになりません。わたしらは迷子です。孤独です。朝日が昇り、海がきらめく。淡く、青く、アフリカが見えてきます。でも、海峡を渡る舟がない。ルーシーが眠る故郷へ帰れない。わたしも老いて、もう子供を産めません。わたしらは静かに、地上から退場していくしかないのでしょう。

コロナの日々

――わたしはヤーガン族です。と言っても、お分かりにならないでしょう。

――…………。

――アフリカを出てから大移動して、南米の最南端、フェゴ島に辿りついた民です。ここが行き止まり。ここから先には、もう、南極しかありません。

――寒いでしょう。

――ええ、とても寒い。風が鳴り、吹き荒れる雪が、氷の海に吸い込まれていきます。わたしらはアザラシを狩りながら、一万年も生き延びてきました。《カヌーの民》と呼ばれています。そしてわたしが最後の、純血のヤーガン族。老いたわたしはシャーマン、《千里眼》と呼ばれてきました。そんなこと、昔は珍しくもなんともなかったのにね。

――…………。

――アフリカを出てから、わたしらは、北と、東へ別れました。北のヨーロッパには、深い森がひろがっていました。群れは先住民になって、肌は白くなり、目の色、髪の色もちがってきました。

わたしらは東を目ざして行くうちに、瞼に脂肪がついて、細い目になりました。寒波や砂嵐に耐えるため。

——出自は同じアフリカなのに、途中で変化したのですか。

——そうみたいね。ヤーガン族の赤ん坊の尻には、青い痣《あざ》があります。昔、わたしが産んだ赤ん坊の尻にも、青い薔薇の花が咲いていました。モンゴロイド・スポット、《蒙古斑》です。アマゾンの密林に住むインディオや、マヤ族、アメリカ・インディアンにもあります。日本人《ハポネス》の赤ちゃんの尻も青いでしょう。

——ええ、息子の尻も青かった。もちろん、ぼく自身もそうだったはずです。《蒙古斑》は凄いですよ。熊本生まれの友人がいるんですが、ケニアのスワヒリ語学院に留学しアフリカ女性と結婚しました。混血の赤ちゃんのお尻にも、しっかり、青い薔薇が咲いてましたよ。

——わたしらは狩りをしながら、半砂漠や草原をよぎってきました。どこあたりで《蒙古斑》が出るようになったのか知りませんが、いくつも森を抜けてきました。ひっきりなしに雨が降り、葉から葉へ雨だれが滴る深い森です。途中、わたしらは何だって食べてきました。コウモリも、猿も、蛇も食べる。疫病にやられて、群れが滅びかけたこともあります。老いた者から先に、溺れるように苦しみながら倒れていきます。死者たちが獣に食い荒らされるにまかせて、歩きつづけてきました。たとえ群れが滅びても、大地は、ふたたび、しんと静まり返るだけ。

——…………。

——氷河期の終わり頃、わたしらは凍ったベーリング海峡を渡ってきました。いくつも大陸をよぎって、ここ、フェゴ島に辿りつくまで、およそ一万年です。

――かなり速いですね。

――そしてわたしが、最後の純血のヤーガン族。ヤーガン語を話せる、最後の一人です。仲間たちは、もうスペイン語しか話せません。息をひき取るとき、わたしが何か遺言しても、だれも分かってくれないでしょう。

――母語は、一世代で、あっけなく変わりますから。

――保留地の先生から聞いたのですが、臨終のときアインシュタインが呟いたのは、ドイツ語だったそうですね。若いアメリカ人の看護師には、意味が分からなかった。だから、アインシュタインの最後の言葉は、謎のままなんですって。

――死後、かれの脳は取りだされて、ホルマリンに浸けられていたそうです。その後、小さな断片に切り分け、プラスティック加工されたそうです。

――そこに記憶はありませんよ。

――…………。

――わたしらは新大陸に散らばり、アステカや、マヤ、インカの文明を築きました。人肉食もありましたが、天文台をこしらえて、星や太陽を見つめ、日蝕や月蝕などを予知する暦をつくりだしてきました。かれのように。ところが、わたしらは、ごく少数のスペイン人にあっけなく滅ぼされてしまった。天然痘や、はしかに感染したからです。

――…………。

――アステカの都は死体だらけで、腐臭が満ちていました。わたしらは、疫病にかなり耐性があります。大移動するとき、コウモリも、蛇も、猿も、何だって食べてきましたからね。でも、天然痘には無力でした。カリブ海では、インディオが全滅した島々もあります。フェゴ島でもヤーガン族が滅びそうになりました。その恐ろしい疫病を、わたしらは《白人病》と呼んでいました。

――………。

――ヤーガン族は食人をしていたと言われています。でも、根拠はありませんよ。ビーグル号に乗ってきたダーウィンは、真っ裸に海獣の毛皮をまとう《野蛮人》、つまりわたしらヤーガン族を嫌悪して、日記に記しているそうです。

こういう人たちを見ていると、この世に住む同類だとは思えなくなる。

――冷たいものですね。地の果てに辿りついて、氷の海でアザラシを狩りながら生き延びている民に、ダーウィンこそ共感してくれたっていいんじゃないかしら。

――でも、今度はちがいます。フェゴ島の保留地で、わたしは晩年を過ごしています。ここのホームにも、テレビぐらいあります。だから、いま、世界中に疫病がひろがっていることも知っています。ここは地の果てだけど、疫病はひたひたと近づいてきます。世界中どこにも逃げていけない。

――南極以外、と思っていたら、チリの観測基地にも感染者が出ましたね。三十六人も！

――もう地球の隅々まで、逃げ場はありません。ブラジルでは荒地に大きな穴を掘って、柩《ひつぎ》をぎっしり積み重ね、赤土をかけています。ニューヨークでは死者が多すぎて、埋葬が追いつかず、大型の冷凍トラックに死体を回収しています。ペストの時代は、死骸をぎっしり荷馬車に積んで、墓地へ運んでいました。摩天楼の谷間で、いま、そっくりのことが起こってるんですね。

——………。

——そのテレビも、見えにくくなりました。わたしは老いて、やっかいな眼病を抱えています。視界に霧がたち込め、テレビに映る人も、氷上のアザラシも、ぼうっと揺れています。さらに網膜が歪《ゆが》んできました。森や、木々の葉、押し寄せる波など眺めているときは、なんら不都合ありません。自然にあるものは、曲りくねり、もつれ合っていますから。けれど直線が困ります。電柱、電線、家々の屋根、窓、階段など、人間のつくるものは直線だらけです。

一つだけ例外がありますね。水平線です。それがクシャクシャに、曲って見えるのです。皺《しわ》だらけの古新聞みたいに。悲しくて、海辺では押し寄せてくる波ばかり眺めています。

もっと悲しいのは夜空です。フェゴ島の夜は、ぎっしり、満天の星が輝いている。天の川も、洪水のように横たわっています。

その星が、だんだん少なくなってきました。さらに、年ごとに減っていきます。わたしの眼病のせいです。網膜が歪むだけでなく、光りを感知する能力も衰えてきたのです。

あのオリオン星座も、淡くかすんできました。えっ、フェゴ島からオリオンが見えるのかって？　はい、意外でしょうが、よく見えるのです。でも南半球ですから、仰角のせいで、北半球のあなたとは上下が逆になって見えます。ほんとですよ。

でも、あれほど明るく輝いていたオリオンの三つ星も、いまは、よく見えません。老いて眼病を患うと、視界がだんだん冥《くら》くなっていきます。夜空から星が消えて行きます。やがて、わたしは盲目になるでしょう。

ホームの先生から聞いたのですが、わたしらの銀河には、二千億ぐらい星があるそうですね。さらに、宇宙全体には二兆個の銀河があるんですって。広い、広い……、途方もなく宇宙は広い……。茫然となります。それらの星々にも、きっと生命が生まれて、知性体になり、いま意識したり、思いあぐね嘆いたりしているのでしょう。

わたしの息子、娘は、都会へ出て、もう保留地には帰ってきません。孫たちの顔を見ることもできない。とても淋《さび》しい。わたしは、かつて《千里眼》と呼ばれていたけれど、いまは半盲で、歪んだ水平線を見るのが怖くて、波打際で、つい目を伏せてしまう。何万光年も離れた星のことなど想像もつきません。わたしは無知。何も知らない。あと何年、地上にいられるか分かりません。疫病が収まった後、世界がどうなっていくか見届けることもできません。それでも滅びてほしくない。みんな元気で、どうか生き延びてください。わたしは行くけど、あなたは居《い》てね。さよなら、世界。

【参考文献】

『最初のヒト』（アン・ギボンズ著　河合信和訳　新書館）
『ルーシー』（ドナルド・C・ジョハンソン＋マイトランド・A・エディ共著　渡辺毅訳　どうぶつ社）
『ルーシーの膝』（イヴ・コパン著　馬場悠男・奈良貴史訳　紀伊國屋書店）
『ゲバラ日記』（チェ・ゲバラ著　平岡緑訳　中公文庫）
『マチュピチュの頂』（パブロ・ネルーダ著　野谷文昭訳　書肆山田）
『カンジ』（スー・サベージ-ランボー著　古市剛史監修　加地永都子訳　ＮＨＫ出版）
『ココ、お話しよう』（Ｆ・パターソン＋Ｅ・リンデン共著　都守淳夫訳　どうぶつ社）
『チンパンジーの心』（松沢哲郎著　岩波書店）
『チンパンジーから見た世界』（松沢哲郎著　東京大学出版会）
『怒羅権』（小野登志郎著　文春文庫）
『自我と脳』（カール・Ｒ・ポパー＋ジョン・Ｃ・エクルズ共著　大村裕・西脇与作・沢田允茂訳　思索社）
『意識と脳』（品川嘉也著　紀伊國屋書店）
『Ｅ．Ｔ．からのメッセージ　地球外文明探査講義』（平林久＋宮内勝典共著　朝日出版社）
『超巨大ブラックホールに迫る』（平林久著　新日本出版社）
『アラビアのロレンス』（中野好夫著　岩波書店）

『アンデスの聖餐』（クレイ・ブレアJr.著　高田正純訳　早川書房）
『彼らは人肉で生きのびた』（エリンケ・H・ロペス著　栗原勝訳　双葉社）
『生存者』（P・P・リード著　永井淳訳　平凡社）
『アンデスの奇蹟』（ナンド・パラード＋ヴィンス・ラウス共著　海津正彦訳　山と溪谷社）
『若い小説家に宛てた手紙』（バルガス＝リョサ著　木村榮一訳　新潮社）
『恐竜の謎』（ジョン・ノーブル・ウィルフォード著　小畠郁生監訳　河出書房新社）
『ネアンデルタール人類のなぞ』（奈良貴史著　岩波書店）

初出＝『文藝』二〇一八年春季号から二〇二〇年夏季号連載（休載・一九年夏季号）
＊大幅に加筆修正の上、「コロナの日々」を新しく書き加えました。

宮内勝典（みやうち・かつすけ）

1944年ハルビン生まれ。鹿児島の高校を卒業後、渡米。
アメリカで通算13年暮らす。世界60数カ国を歩く。
早稲田大学客員教授、大阪芸術大学教授などを歴任。
著書に『南風』（文藝賞）『金色の象』（野間文芸新人賞）
『焼身』（読売文学賞、芸術選奨）『魔王の愛』（伊藤整文学賞）
『グリニッジの光りを離れて』『ぼくは始祖鳥になりたい』
『金色の虎』『永遠の道は曲りくねる』など多数。

二千億《にせんおく》の果実《かじつ》

★

二〇二一年一〇月二〇日 初版印刷
二〇二一年一〇月三〇日 初版発行

著者★宮内勝典《みやうちかつすけ》
装幀★坂野公一（well design）
装画★アンリ・ルソー「異国風景」（1910年／カンヴァス／130×162）
発行者★小野寺優
発行所★株式会社河出書房新社
東京都渋谷区千駄ヶ谷二-三二-二
電話 〇三-三四〇四-一二〇一［営業］
〇三-三四〇四-八六一一［編集］
https://www.kawade.co.jp/
組版★KAWADE DTP WORKS
印刷★三松堂株式会社
製本★三松堂株式会社

Printed in Japan
ISBN978-4-309-02993-1

河出書房新社
宮内勝典の本

永遠の道は曲りくねる

「お前も、沖縄にこないか？」——世界を放浪していた有馬は、かつて世界的新興教団のブレーンだった精神科医・田島に誘われ、沖縄の精神病院「うるま医院」で働くことになる。そして再び、運命の歯車は動き出す。

私たちは、永遠の戦争の子供だ——善と悪を超えた、《終わらぬ悲劇の連鎖》と《生命の輝き》を描く大作！